U0088080

渋谷　汐留　銀座　月島

東京タワー　晴海　豊洲　新木場

芝浦

目黒　レインボーブリッジ　有明　東京ビッグサイト

天王洲　お台場　フジテレビ

青海　東京ゲートブリッジ

東京ゲートブリッジ

東京

一個人旅行

必備的日語會話

旅行
一人旅の会話ブック

國家圖書館出版品預行編目資料

一個人旅行必備的日語會話 / 黃彥臣著

-- 初版 -- 新北市：雅典文化,

民112. 01　面；　公分. -- (全民學日語；71)

ISBN 978-626-96423-7-3(平裝)

1. CST: 日語 2. CST: 旅遊 3. CST: 會話

803. 188　　　　　　　　　　　　111017388

全民學日語系列 71

一個人旅行必備的日語會話

著／黃彥臣

責任編輯／許惠萍

內文排版／鄭孝儀

封面設計／林鈺恆

掃描填回函
好書隨時抽

法律顧問：方圓法律事務所／涂成樞律師

總經銷：永續圖書有限公司

永續圖書線上購物網
www.foreverbooks.com.tw

出版日／2023年01月

雅典文化

出版社	22103　新北市汐止區大同路三段194號9樓之1
	TEL　(02) 8647-3663
	FAX　(02) 8647-3660

50音基本發音表

清音

 MP3 002

a ㄚ	i ー	u ㄨ	e ㄝ	o ㄡ
あ ア	い イ	う ウ	え エ	お オ
ka ㄎㄚ	ki ㄎー	ku ㄎㄨ	ke ㄎㄝ	ko ㄎㄡ
か カ	き キ	く ク	け ケ	こ コ
sa ㄙㄚ	shi ㄒ	su ㄙㄨ	se ㄙㄝ	so ㄙㄡ
さ サ	し シ	す ス	せ セ	そ ソ
ta ㄊㄚ	chi ㄑー	tsu ㄘ	te ㄊㄝ	to ㄊㄡ
た タ	ち チ	つ ツ	て テ	と ト
na ㄋㄚ	ni ㄋー	nu ㄋㄨ	ne ㄋㄝ	no ㄋㄡ
な ナ	に ニ	ぬ ヌ	ね ネ	の ノ
ha ㄏㄚ	hi ㄏー	fu ㄈㄨ	he ㄏㄝ	ho ㄏㄡ
は ハ	ひ ヒ	ふ フ	へ ヘ	ほ ホ
ma ㄇㄚ	mi ㄇー	mu ㄇㄨ	me ㄇㄝ	mo ㄇㄡ
ま マ	み ミ	む ム	め メ	も モ
ya ーㄚ		yu ーㄩ		yo ーㄡ
や ヤ		ゆ ユ		よ ヨ
ra ㄌㄚ	ri ㄌー	ru ㄌㄨ	re ㄌㄝ	ro ㄌㄡ
ら ラ	り リ	る ル	れ レ	ろ ロ
wa ㄨㄚ		o ㄡ		n ㄣ
わ ワ		を ヲ		ん ン

濁音

  MP3 003

ga ㄍㄚ	gi ㄍー	gu ㄍㄨ	ge ㄍㄝ	go ㄍㄡ
が ガ	ぎ ギ	ぐ グ	げ ゲ	ご ゴ
za ㄗㄚ	ji ㄐー	zu ㄗ	ze ㄗㄝ	zo ㄗㄡ
ざ ザ	じ ジ	ず ズ	ぜ ゼ	ぞ ゾ
da ㄉㄚ	ji ㄐー	zu ㄗ	de ㄉㄝ	do ㄉㄡ
だ ダ	ぢ ヂ	づ ヅ	で デ	ど ド
ba ㄅㄚ	bi ㄅー	bu ㄅㄨ	be ㄅㄝ	bo ㄅㄡ
ば バ	び ビ	ぶ ブ	べ ベ	ぼ ボ
pa ㄆㄚ	pi ㄆー	pu ㄆㄨ	pe ㄆㄝ	po ㄆㄡ
ぱ パ	ぴ ピ	ぷ プ	ぺ ペ	ぽ ポ

拗音

MP3 004

kya	ㄎㄧㄚ	kyu	ㄎㄧㄩ	kyo	ㄎㄧㄡ
きゃ	キャ	きゅ	キュ	きょ	キョ
sha	ㄒㄧㄚ	shu	ㄒㄧㄩ	sho	ㄒㄧㄡ
しゃ	シャ	しゅ	シュ	しょ	ショ
cha	ㄑㄧㄚ	chu	ㄑㄧㄩ	cho	ㄑㄧㄡ
ちゃ	チャ	ちゅ	チュ	ちょ	チョ
nya	ㄋㄧㄚ	nyu	ㄋㄧㄩ	nyo	ㄋㄧㄡ
にゃ	ニャ	にゅ	ニュ	にょ	ニョ
hya	ㄏㄧㄚ	hyu	ㄏㄧㄩ	hyo	ㄏㄧㄡ
ひゃ	ヒャ	ひゅ	ヒュ	ひょ	ヒョ
mya	ㄇㄧㄚ	myu	ㄇㄧㄩ	myo	ㄇㄧㄡ
みゃ	ミャ	みゅ	ミュ	みょ	ミョ
rya	ㄌㄧㄚ	ryu	ㄌㄧㄩ	ryo	ㄌㄧㄡ
りゃ	リャ	りゅ	リュ	りょ	リョ

gya	ㄍㄧㄚ	gyu	ㄍㄧㄩ	gyo	ㄍㄧㄡ
ぎゃ	ギャ	ぎゅ	ギュ	ぎょ	ギョ
jya	ㄐㄧㄚ	jyu	ㄐㄧㄩ	jyo	ㄐㄧㄡ
じゃ	ジャ	じゅ	ジュ	じょ	ジョ
jya	ㄐㄧㄚ	jyu	ㄐㄧㄩ	jyo	ㄐㄧㄡ
ぢゃ	ヂャ	ぢゅ	ヂュ	ぢょ	ヂョ
bya	ㄅㄧㄚ	byu	ㄅㄧㄩ	byo	ㄅㄧㄡ
びゃ	ビャ	びゅ	ビュ	びょ	ビョ
pya	ㄆㄧㄚ	pyu	ㄆㄧㄩ	pyo	ㄆㄧㄡ
ぴゃ	ピャ	ぴゅ	ピュ	ぴょ	ピョ

● 平假名 | 片假名

Chapter

1 基本用語

Chapter

2 飛機

Chapter

5 住宿

Chapter

6 飲食

Chapter
7 觀光

Chapter

8 購物

Chapter

9 非常情況

PART ①
基本用語

渋谷　　　　　汐留　　銀座　　月島

東京タワー　　　晴海　　豊洲

芝浦　　　　　　　　　東雲

目黒　　　　　レインボー　　有明
　　　　　　　ブリッジ　　　　東京ビックサイ
　　　　港南　　　　　　フジテレビ

天王洲　お台場

青海

品川

大井

★禮貌語

·會·話·

A これから、宜しくお願いします。

ko.re.ka.ra./yo.ro.shi.ku.o.ne.ga.i.shi.ma.su.

從今以後,請多多指教。

B こちらこそ、宜しくお願いします。

ko.chi.ra.ko.so./yo.ro.shi.ku.o.ne.ga.i.shi.ma.su.

我才是,請多指教。

·例·句·

例 どうぞ。

do.u.zo.

請。

例 ありがとうございました。

a.ri.ga.to.u.go.za.i.ma.shi.ta.

謝謝。

例 すみません。

su.mi.ma.se.n.

對不起。

例 ごめんなさい。

go.me.n.na.sa.i.

抱歉。

1 基本用語
2 飛機
3 機場
4 交通
5 住宿
6 飲食
7 觀光
8 購物
9 非常情況

例 失礼します。
しつれい

shi.tsu.re.i.shi.ma.su.

不好意思。

例 お邪魔しました。
じゃま

o.ja.ma.shi.ma.shi.ta.

打擾了。

例 どういたしまして。

do.u.i.ta.shi.ma.shi.te.

不客氣。

例 大丈夫です。
だいじょうぶ

da.i.jo.u.bu.de.su.

沒關係。

例 とんでもないです。

to.n.de.mo.na.i.de.su.

別這麼説。

例 いらっしゃいませ。

i.ra.ssha.i.ma.se.

歡迎光臨。

例 召し上がってください。
め　　あ

me.shi.a.ga.tte.ku.da.sa.i.

請慢用。

例 いただきます。

i.ta.da.ki.ma.su.

開動了。

例 ごちそうさまでした。
go.chi.so.u.sa.ma.de.shi.ta.
謝謝招待。

例 お先に失礼します。
o.sa.ki.ni./shi.tsu.re.i.shi.ma.su.
恕我先告辭。

例 お世話になりました。
o.se.wa.ni.na.ri.ma.shi.ta.
多謝您的照顧。

例 お願いします。
o.ne.ga.i.shi.ma.su.
萬事拜託。

例 お待たせしました。
o.ma.ta.se.shi.ma.shi.ta.
讓您久等了。

例 もしもし。
mo.shi.mo.shi.
喂。(接聽電話時)

例 どちらさまでしょうか？
do.chi.ra.sa.ma./de.sho.u.ka.
請問您是哪位？

例 お名前はなんとおっしゃいますか？
o.na.ma.e.wa./na.n.to./o.ssha.i.ma.su.ka.
請問大名？

① 基本用語
② 飛機
③ 機場
④ 交通
⑤ 住宿
⑥ 飲食
⑦ 觀光
⑧ 購物
⑨ 非常情況

★招呼語

・會・話・

Ⓐ 今日はどうでしたか？

kyo.u.wa./do.u.de.shi.ta.ka.

今天過得如何？

Ⓑ まあまあです。

ma.a.ma.a.de.su.

馬馬虎虎。

・例・句・

例 お元気ですか？

o.ge.n.ki.de.su.ka.

你好嗎。

例 お蔭様で、元気です。

o.ka.ge.sa.ma.de./ge.n.ki.de.su.

託您的福，我很好。

例 ただいま。

ta.da.i.ma.

我回來了。

例 お帰りなさい。

o.ka.e.ri.na.sa.i.

歡迎回來。

例 おはようございます。

o.ha.yo.u.go.za.i.ma.su.

早安。（早上10點前的問候）

  007

例 こんにちは。

ko.n.ni.chi.wa.

你好。（早上10點後至傍晚的問候）

例 こんばんは。

ko.n.ba.n.wa.

晚安。（傍晚後問候）

例 おやすみなさい。

o.ya.su.mi.na.sa.i.

晚安。（睡前語）

例 お疲れ様でした。

o.tsu.ka.re.sa.ma.de.shi.ta.

辛苦了。

例 さようなら。

sa.yo.u.na.ra.

再見。

例 またね。

ma.ta.ne.

再見。

❶ 基本用語

❷ 飛機

❸ 機場

❹ 交通

❺ 住宿

❻ 飲食

❼ 觀光

❽ 購物

❾ 非常情況

例 私は台湾人です。

wa.ta.shi.wa./ta.i.wa.n.ji.n.de.su.

我是台灣人。

例 台湾から来ました。

ta.i.wa.n.ka.ra./ki.ma.shi.ta.

從台灣來的。

例 お久しぶりです。

o.hi.sa.shi.bu.ri.de.su.

好久不見。

例 最近はいかがですか？

sa.i.ki.n.wa./i.ka.ga.de.su.ka.

最近好嗎？

例 この前、お世話になりました。

ko.n.ma.e./o.se.wa.ni./na.ri.ma.shi.ta.

之前受您照顧了。

例 今度もお願いいたします。

ko.n.do.mo./o.ne.ga.i./i.ta.shi.ma.su.

這次(下次)也請多指教。

★生活用語

1 基本用語
2 飛機
3 機場
4 交通
5 住宿
6 飲食
7 觀光
8 購物
9 非常情況

•會•話•

A あのう。

a.no.u.

請問……。

B はい、なんでしょうか？

ha.i./na.n.de.sho.u.ka.

是、有甚麼事嗎？

•例•句•

例 はい。

ha.i.

是。

例 いいえ。

i.i.e.

不是。

例 違います。

chi.ga.i.ma.su.

不對。

例 ちょっといいですか？

cho.tto./i.i.de.su.ka.

請問一下。

例 ちょっと聞いてもいいですか？
cho.tto./ki.i.te.mo.i.i.de.su.ka.
請問一下。

例 いいです。
i.i.de.su.
好的。

例 構いません。
ka.ma.i.ma.se.n.
不介意。

例 だめです。
da.me.de.su.
不可以。

例 いりません。
i.ri.ma.se.n.
不需要。

例 けっこうです。
ke.kko.u.de.su.
不用了。

例 ありますか？
a.ri.ma.su.ka.
有嗎？

例 ありません。
a.ri.ma.se.n.
沒有。

例 あります。
a.ri.ma.su.
有。

  009

例 何時ですか？
na.n.ji.de.su.ka.
幾點？

例 ゆっくり話してください。
yu.kku.ri./ha.na.shi.te.ku.da.sa.i.
請慢慢説。

例 もう一度言ってください。
mo.u.i.chi.do./i.tte.ku.da.sa.i.
請再説一次。

例 分かりません。
wa.ka.ri.ma.se.n.
我不知道。

例 分かります。
wa.ka.ri.ma.su.
我知道。

例 そうです。
so.u.de.su.
是這様。

① 基本用語
② 飛機
③ 機場
④ 交通
⑤ 住宿
⑥ 飲食
⑦ 觀光
⑧ 購物
⑨ 非常情況

MP3 009

例 そうではないです。
so.u.de.wa.na.i.de.su.
不是這樣。

例 また会いましょう。
ma.ta./a.i.ma.sho.u.
下次再見。

例 また連絡します。
ma.ta./re.n.ra.ku.shi.ma.su.
再連絡。

例 また電話します。
ma.ta./de.n.wa.shi.ma.su.
再打給你。

例 ちょっと時間がありますか？
cho.tto./ji.ka.n.ga.a.ri.ma.su.ka.
請問有空嗎？

例 お願いがありますが。
o.ne.ga.i.ga./a.ri.ma.su.ga.
有事想拜託您。

例 もう一度説明していただけませんか？
mo.i.chi.do./se.tsu.me.i.shi.te./i.ta.da.ke.ma.se.
n.ka.
可以請您再説明一次嗎？

例 質問があります。
shi.tsu.mo.n.ga.a.ri.ma.su.
我有疑問。

例 教えていただけませんか？
o.shi.e.te./i.ta.da.ke.ma.se.n.ka.
請告訴我。/請教我。

 MP3 010

例 これでいいですか？
ko.re.de./i.i.de.su.ka.
這樣就可以了嗎？

例 今日はいい天気ですね。
kyo.u.wa./i.i.te.n.ki./de.su.ne.
今天天氣真好。

例 そうですね。
so.u./de.su.ne.
是啊。

例 そうですか？
so.u./de.su.ka.
是嗎？

★數字單位

れい / ゼロ 零	re.i./ze.ro
いち 一	i.chi.

❶ 基本用語
❷ 飛機
❸ 機場
❹ 交通
❺ 住宿
❻ 飲食
❼ 觀光
❽ 購物
❾ 非常情況

に 二	ni.
さん 三	sa.n.
よん / し 四	yo.n./shi.
ご 五	go.
ろく 六	ro.ku
なな / しち 七	na.na./shi.chi.
はち 八	ha.chi.
きゅう / く 九	kyu.u./ku.
じゅう 十	ju.u.
にじゅう 二十	ni.ju.u.
さんじゅう 三十	sa.n.ju.u.

❶ 基本用語
❷ 飛機
❸ 機場
❹ 交通
❺ 住宿
❻ 飲食
❼ 觀光
❽ 購物
❾ 非常情況

よんじゅう 四十	yo.n.ju.u.

🔊 011

ごじゅう 五十	go.ju.u.
ろくじゅう 六十	ro.ku.ju.u.
しちじゅう 七十	shi.chi.ju.u.
はちじゅう 八十	ha.chi.ju.u.
きゅうじゅう 九十	kyu.u.ju.u.
ひゃく 百	hya.ku
にひゃく 二百	ni.hya.ku.
さんびゃく 三百	sa.n.bya.ku
よんひゃく 四百	yo.n.hya.ku.

011

ごひゃく 五百	go.hya.ku.
ろっぴゃく 六百	ro.ppya.ku.
ななひゃく 七百	na.na.hya.ku.
はっぴゃく 八百	ha.ppya.ku.
きゅうひゃく 九百	kyu.u.hya.ku.
せん 千	se.n.
まん 萬	ma.n.
ひとつ 一個	hi.to.tsu.
ふたつ 二個	fu.ta.tsu.
みっつ 三個	mi.ttsu.
よっつ 四個	yo.ttsu.

MP3 011

❶ 基本用語

❷ 飛機

❸ 機場

❹ 交通

❺ 住宿

❻ 飲食

❼ 觀光

❽ 購物

❾ 非常情況

いつつ 五個	i.tsu.tsu.
むっつ 六個	mu.ttsu.
ななつ 七個	na.na.tsu.
やっつ 八個	ya.ttsu.
ここのつ 九個	ko.ko.no.tsu.
とお 十個	to.o.
円^{えん} 日幣單位	e.n.
元^{げん} 台幣單位	ge.n.
ドル 美金單位	do.ru.

★時間日期

いちがつ 一月	i.chi.ga.tsu.
にがつ 二月	ni.ga.tsu.
さんがつ 三月	sa.n.ga.tsu.
しがつ 四月	shi.ga.tsu.
ごがつ 五月	go.ga.tsu.
ろくがつ 六月	ro.ku.ga.tsu.
しちがつ 七月	shi.chi.ga.tsu.
はちがつ 八月	ha.chi.ga.tsu.
くがつ 九月	ku.ga.tsu.

じゅうがつ 十月	ju.u.ga.tsu.
じゅういちがつ 十一月	ju.u.i.chi.ga.tsu.
じゅうにがつ 十二月	ju.u.ni.ga.tsu.
ついたち 一日	tsu.i.ta.chi.
ふつか 二日	fu.tsu.ka.
みっか 三日	mi.kka.
よっか 四日	yo.kka.
いつか 五日	i.tsu.ka.
むいか 六日	mu.i.ka.
なのか 七日	na.no.ka.
ようか 八日	yo.u.ka.

❶ 基本用語
❷ 飛機
❸ 機場
❹ 交通
❺ 住宿
❻ 飲食
❼ 觀光
❽ 購物
❾ 非常情況

ここのか 九日	ko.ko.no.ka.
とおか 十日	to.o.ka.
じゅういちにち 十一日	ju.u.i.chi.ni.chi.
じゅうににち 十二日	ju.u.ni.ni.chi.
じゅうさんにち 十三日	ju.u.sa.n.ni.chi.
じゅうよっか 十四日	ju.u.yo.kka.
じゅうごにち 十五日	ju.u.go.ni.chi.
じゅうろくにち 十六日	ju.u.ro.ku.ni.chi.
じゅうしちにち 十七日	ju.u.shi.chi.ni.chi.
じゅうはちにち 十八日	ju.u.ha.chi.ni.chi.
じゅうくにち 十九日	ju.u.ku.ni.chi.

はつか 二十日	ha.tsu.ka.
さんじゅうにち 三十日	sa.n.ju.u.ni.chi.
いちじ 一點	i.chi.ji.
にじ 二點	ni.ji.
さんじ 三點	sa.n.ji.
よじ 四點	yo.ji.
ごじ 五點	go.ji.
ろくじ 六點	ro.ku.ji.
しちじ 七點	shi.chi.ji.
はちじ 八點	ha.chi.ji.
くじ 九點	ku.ji.

1 基本用語
2 飛機
3 機場
4 交通
5 住宿
6 飲食
7 觀光
8 購物
9 非常情況

じゅうじ 十點	ju.u.ji.
じゅういちじ 十一點	ju.u.i.chi.ji.
じゅうにじ 十二點	ju.u.ni.ji.
いっぷん 一分	i.ppu.n.
にふん 二分	ni.fu.n.
さんぶん 三分	sa.n.bu.n.
よんぷん 四分	yo.n.pu.n.
ごふん 五分	go.fu.n.
ろっぷん 六分	ro.ppu.n.
しちふん 七分	shi.chi.fu.n.
はっぷん 八分	ha.ppu.n.

きゅうふん 九分	kyu.u.fu.n.
じっぷん 十分	ji.ppu.n.
にじっぷん 二十分	ni.ji.ppu.n.
さんじっぷん 三十分	sa.n.ji.ppu.n.
よんじっぷん 四十分	yo.n.ji.ppu.n.
ごじっぷん 五十分	go.ji.ppu.n.
今日^{きょう} 今天	kyo.u.
明日^{あした} 明天	a.shi.ta.
昨日^{きのう} 昨天	ki.no.u.
明後日^{あさって} 後天	a.sa.tte.

1 基本用語
2 飛機
3 機場
4 交通
5 住宿
6 飲食
7 觀光
8 購物
9 非常情況

朝 あさ 早上	a.sa.
今朝 け さ 今天早上	ke.sa.
昼 ひる 中午	hi.ru.
今晩 こんばん 今天晚上	ko.n.ba.n.
夜 よる 晚上	yo.ru.
午後 ご ご 下午	go.go.
月曜日 げつようび 星期一	ge.tsu.yo.u.bi.
火曜日 か よう び 星期二	ka.yo.u.bi.
水曜日 すいようび 星期三	su.i.yo.u.bi.
木曜日 もくようび 星期四	mo.ku.yo.u.bi.

金曜日 きんようび 星期五	ki.n.yo.u.bi.
土曜日 どようび 星期六	do.yo.u.bi.
日曜日 にちようび 星期日	ni.chi.yo.u.bi.
今週 こんしゅう 這週	ko.n.shu.u.
先週 せんしゅう 上週	se.n.shu.u.
来週 らいしゅう 下週	ra.i.shu.u.
週末 しゅうまつ 週末	shu.u.ma.tsu.
月末 げつまつ 月底	ge.tsu.ma.tsu.
初旬 しょじゅん 月初	sho.ju.n.
中旬 ちゅうじゅん 月中	chu.u.ju.n.
今年 ことし 今年	ko.to.shi.

1 基本用語
2 飛機
3 機場
4 交通
5 住宿
6 飲食
7 觀光
8 購物
9 非常情況

MP3 014

来年 (らいねん) 明年	ra.i.ne.n.
昨年 (さくねん) 去年	sa.ku.ne.n.
年初 (ねんしょ) 年初	ne.n.sho.
年末 (ねんまつ) 年底	ne.n.ma.tsu.
春 (はる) 春	ha.ru.
夏 (なつ) 夏	na.tsu.
秋 (あき) 秋	a.ki.
冬 (ふゆ) 冬	fu.yu.
お正月 (しょうがつ) 春節	o.sho.u.ga.tsu.
大晦日 (おおみそか) 12月31日	o.o.mi.so.ka.
夏休み (なつやす) 暑假	na.tsu.ya.su.mi.

MP3 015

冬休み （ふゆやすみ） 寒假	fu.yu.ya.su.mi.
ゴールデンウィーク 黃金週(5月的大型連假)	go.o.ru.de.n.u.i.i.ku.
お盆 （ぼん） 盂蘭盆節	o.bo.n.
こどもの日 （ひ） 兒童節	ko.do.mo.no.hi.
前 （まえ） 前面	ma.e.
後ろ （うし） 後面	u.shi.ro.
左 （ひだり） 左	hi.da.ri.
右 （みぎ） 右	mi.gi.
上 （うえ） 上	u.e.
下 （した） 下	shi.ta.

🎵 015

横 よこ 旁邊	yo.ko.
向かい む 對面	nu.ka.i.
東 ひがし 東	hi.ga.shi.
西 にし 西	ni.shi.
南 みなみ 南	mi.na.mi.
北 きた 北	ki.ta.

PART 2

飛機

渋谷

銀座

汐留

月島

豊洲

東京タワー

晴海

東雲

芝浦

有明

🏫 東京ビックサ

目黒

レインボーブリッジ

港南

📺 フジテレビ

天王洲

お台場

青海

品川

大井

MP3 016

★座位

・會・話・

A 私の座席はどこですか？

wa.ta.shi.no./za.se.ki.wa./do.ko.de.su.ka.

我的座位在哪裡？

B 搭乗券を見せていただけませんか？

to.jo.u.ke.n.o./mi.se.te./i.ta.da.ke.ma.se.n.ka.

請讓我看一下登機証。

・例・句・

例 座席番号は何番ですか？

za.se.ki.ba.n.go.u.wa./na.n.ba.n.de.su.ka.

請問您的座位號碼是？

例 すみませんが、ここは私の座席です。

su.mi.ma.se.n.ga./ko.ko.wa./wa.ta.shi.no.za.se.ki.de.su.

不好意思，這是我的位置。

例 私は通路側です。

wa.ta.shi.wa./tsu.u.ro.ga.wa.de.su.

我坐靠走道的位置。

例 33A の座席はどこですか？

sa.n.ju.u.sa.n.e.no./za.se.ki.wa./do.ko.de.su.ka.

我的座位是33A，請問往哪兒走？

🎵 016

例 奥まで真っ直ぐ行ってください。

o.ku.ma.de./ma.ssu.gu./i.tte.ku.da.sa.i.

請往前走到底。

例 左の通路側の座席です。

hi.da.ri.no./tsu.u.ro.ga.wa.no.za.se.ki.de.su.

在左邊靠走道位置。

例 荷物を上の棚にあげてもらえませんか？

ni.mo.tsu.o./u.e.no.ta.na.ni./a.ge.te.mo.ra.e.ma.se.n.ka.

可以麻煩把行李放在上面的行李架嗎？

例 荷物を下ろしてもらえませんか？

ni.mo.tsu.o./o.ro.shi.te.mo.ra.e.ma.se.n.ka.

可以幫我把行李拿下來嗎？

例 ライトを点けても大丈夫ですか？

ya.i.to.o./tsu.ke.te.mo./da.i.jo.u.bu.de.su.ka.

開燈沒關係嗎？

例 席を変わってもらえませんか？

se.ki.o./ka.wa.tte./mo.ra.e.ma.se.n.ka.

可以換位子嗎？

例 シート番号を確認してもらえませんか？

shi.i.to.ba.n.go.u.o./ka.ku.ni.n.shi.te./mo.ra.e.ma.se.n.ka.

可以確認一下座位號碼嗎？

MP3 017

① 基本用語
② 飛機
③ 機場
④ 交通
⑤ 住宿
⑥ 飲食
⑦ 觀光
⑧ 購物
⑨ 非常情況

例 シートを倒していいですか？

shi.i.to.o./ta.o.shi.te.i.i.de.su.ka.

可以把座位往後倒嗎？

例 席を交換していただけませんか？

se.ki.o./ko.u.ka.n.shi.te./i.ta.da.ke.ma.se.n.ka.

可以和您換位子嗎？

例 通してもらえませんか？

to.o.shi.te.mo.ra.e.ma.se.n.ka.

可以借過一下嗎？

例 あそこの空席に移ってもいいですか？

a.so.ko.no.ku.u.se.ki.ni./u.tsu.tte.mo.i.i.de.su.ka.

可以移到那邊的空位嗎？

例 席番号を教えていただけませんか？

se.ki.ba.n.go.u.o./o.shi.e.te.i.ta.da.ke.ma.se.n.ka.

可以告訴我您的座位號碼嗎？

例 窓側は私の座席です。

ma.do.ga.wa.wa./wa.ta.shi.no.za.se.ki.de.su.

靠窗是我的位子。

例 ここは私の席だと思いますが。

ko.ko.wa./wa.ta.shi.no.se.ki.da./to.o.mo.i.ma.su.ga.

我想這是我的位子。

017

例 こちらへどうぞ。

ko.chi.ra.e.do.u.zo.

請往這邊走。

例 通路側の座席は移動しやすいです。

tsu.u.ro.ga.wa.no./za.se.ki.wa./i.do.u.shi.ya.su.i./de.su.

靠走道的位子在移動上比較方便。

例 座席を変えていただけますか？

za.se.ki.o./ka.e.te./i.ta.da.ke.ma.su.ka.

可以幫我換位子嗎？

例 座席を変えてほしいです。

za.se.ki.o./ka.e.te./ho.shi.i./de.su.

我想換位子。

★廣播

・會・話・

A 先程、アナウンスでなんと言いましたか？

sa.ki.ho.do./a.na.u.n.su.de./na.n.to.i.i.ma.shi.ta.ka.

剛剛廣播說什麼？

B すぐ到着だと言いました。

su.gu./to.u.cha.ku.da./to.i.i.ma.shi.ta.

說快到了

・例・句・

例 荷物は前の席の下に入れてください。

ni.mo.tsu.wa./ma.e.no./se.ki.no./shi.ta.ni./i.re.te.ku.da.sa.i.

行李請放至前方座椅下面。

例 救命胴衣は座席の下にあります。

kyu.u.me.i.do.u.i.wa./za.se.ki.no./shi.ta.ni./a.ri.ma.su.

救生衣在您座位的下方。

例 シートベルトをお締めください。

shi.i.to.be.ru.to.o./o.shi.me.ku.da.sa.i.

請繫好安全帶。

例 シートベルトをもう一度お確かめください。

shi.i.to.be.ru.to.o./mo.u.i.chi.do./o.ta.shi.ka.me.ku.da.sa.i.

請再確認一次安全帶是否繫好。

例 携帯電話の電源をお切りください。

ke.i.ta.i.de.n.wa.no.de.n.ge.n.o./o.ki.ri.ku.da.sa.i.

請將手機關機。

例 電子製品の電源をお切りください。

de.n.shi.se.i.hi.n.no.de.n.ge.n.o./o.ki.ri.ku.da.sa.i.

請將電子產品關機。

例 ただいまより、免税品の販売をいたします。

ta.da.i.ma.yo.ri./me.n.ze.i.hi.n.no.ha.n.ba.i.o./i.ta.shi.ma.su.

現在開始販售免稅品。

例 入国書類を持っていないお客様は客室乗務員にお声かけください。

nyu.u.ko.ku.sho.ru.i.o./mo.tte.i.na.i.o.kya.ku.sa.ma.wa./kya.ku.shi.tsu.jo.u.mu.i.n.ni./o.ko.e.ka.ke.ku.da.sa.i.

沒有入境卡的乘客請向空服員索取。

例 イヤホンを客室乗務員にお渡しください。

i.ya.ho.n.o.no./kya.ku.shi.tsu.jo.u.mu.i.n.ni./o.wa.ta.shi.ku.da.sa.i.

請把耳機還給空服員。

例 ブラインドを開けてください。

bu.ra.i.n.do.o./a.ke.te.ku.da.sa.i.

請將窗戶打開。

例 まもなく着陸いたします

ma.mo.na.ku./cha.ku.ri.ku.i.ta.shi.ma.su.

飛機即將到達。

例 お座席の背もたれをお戻しください。

o.za.se.ki.no.se.mo.ta.re.o./o.mo.do.shi.ku.da.sa.i.

請將椅背豎起。

例 テーブルを戻してください。

te.e.pu.ru.o./mo.do.shi.te.ku.da.sa.i.

請將餐桌收起。

例 座席とテーブルを元の位置にお戻しく
ださい。

za.se.ki.to./te.e.pu.ru.o./mo.to.no.i.chi.ni./o.mo.
do.shi.ku.da.sa.i.

請將座位和餐桌調回原位。

例 まもなく成田空港に着きます。

ma.mo.na.ku./na.ri.ta.ku.u.ko.u.ni./tsu.ki.ma.su.

飛機即將降落在成田機場。

例 飛行機が完全に止まるまで、座席を
離れないでください。

🎵 019

hi.i.ko.u.ki.ga./ka.n.ze.n.ni./to.ma.ru./ma.de./za.se.ki.o./ha.na.re.na.i.de.ku.da.sa.i.

在飛機停好前，請勿離開座位。

例 シートベルト着用サインが消えるまで
お席にお座りください。

shi.i.to.be.ru.to.cha.ku.yo.u.sa.i.n.ga./ki.e.ru.ma.de./o.se.ki.ni.o.su.wa.ri.ku.da.sa.i.

安全帶警示燈熄之前，請坐在您的位子上。

例 手荷物をお忘れのないよう、お願いいたします。

te.ni.mo.tsu.o./o.wa.su.re.no.na.i.yo.u./o.ne.ga.i./i.ta.shi.ma.su.

不要忘記隨身行李。

例 機内サービスについて、ご案内いたします。

ki.na.i.sa.a.bi.su.ni./tsu.i.te./go.a.n.na.i./i.ta.shi.ma.su.

為您介紹機上服務。

例 非常用設備について、ご案内させていただきます。

hi.jo.u.yo.u.se.tsu.bi.ni./tsu.i.te./go.a.n.na.i.sa.se.te./i.ta.da.ki.ma.su.

為您介紹逃生設備。

例 機内の照明を暗くさせていただきます。

i.na.i.no./sho.u.me.i.o./ku.ra.ku.sa.se.te./i.ta.da.ki.ma.su.

將調暗機內燈光。

★需求

・會・話・

A 中国語の新聞はありますか？

chu.u.go.ku.go.no./shi.n.bu.n.wa./a.ri.ma.su.ka.

有中文報紙嗎？

B はい、あります。

ha.i./a.ri.ma.su.

有的。

・例・句・

例 お水を一杯ください。

o.mi.zu.o./i.ppa.i./ku.da.sa.i.

請給我一杯水。

例 枕をもう一つください。

ma.ku.ra.o./mo.u.hi.to.tsu.ku.da.sa.i.

我還要一個枕頭。

例 モニターが壊れました。

mo.ni.ta.a.ga./ko.wa.re.ma.shi.ta.

螢幕壞了。

例 映像が見られません。

e.i.zo.u.ga./mi.ra.re.ma.se.n.

沒有顯示影像。

1 基本用語
2 飛機
3 機場
4 交通
5 住宿
6 飲食
7 觀光
8 購物
9 非常情況

🔊 020

例 イヤホンから音が出ません。

i.ya.ho.n.ka.ra./o.to.ga.de.ma.se.n.

耳機沒有聲音。

例 毛布をもう一枚いただけませんか？

mo.u.fu.o.mo.u.i.chi.ma.i./i.ta.da.ke.ma.se.n.ka.

太冷了，請再給我一條毛毯。

例 中国語新聞を読みたいです。

chu.u.go.ku.go.shi.n.bu.n.no./yo.mi.ta.i.de.su.

我想看中文報紙。

例 中国語の雑誌がありますか？

chu.u.go.ku.go.no.za.sshi.ga./a.ri.ma.su.ka.

請問有中文雜誌嗎？

例 ちょっと気分が悪いです。

cho.tto./ki.bu.n.ga./wa.ru.i.de.su.

我有點不舒服。

例 ちょっと飛行機に酔いました。

cho.tto./hi.ko.u.ki.ni./yo.i.ma.shi.ta.

我有點暈機。

例 頭痛薬はありますか？

zu.tsu.u.ya.ku.wa./a.ri.ma.su.ka.

有頭痛藥嗎？

例 耳栓はありますか？

mi.mi.se.n.wa./a.ri.ma.su.ka.

請問有耳塞嗎？

021

① 基本用語
② 飛機
③ 機場
④ 交通
⑤ 住宿
⑥ 飲食
⑦ 觀光
⑧ 購物
⑨ 非常情況

例 アイマスクがありますか？

a.i.ma.su.ku.ga./a.ri.ma.su.ka.

有眼罩嗎？

例 酔い止め薬はありますか？

yo.i.do.me.gu.su.ri.wa./a.ri.ma.su.ka.

請問有止暈藥嗎？

例 新しいフォークをお願いします。

a.ta.ra.shi.i.fo.o.ku.o./o.ne.ga.i.shi.ma.su.

請給我新的叉子。

例 飛行時間は何時間ですか？

hi.ko.u.ji.ka.n.wa./na.n.ji.ka.n.de.su.ka.

請問飛行時間多久？

例 約二時間三十分です。

ya.ku.ni.ji.ka.n.sa.n.ji.ppu.n.de.su.

大約2小時30分鐘。

例 何時に日本に到着しますか？

na.n.ji.ni./ni.ho.n.ni./to.u.cha.ku.shi.ma.su.ka.

請問何時到達日本？

例 午後三時ごろです。

go.go.sa.n.ji.go.ro.de.su.

大約下午3點左右。

例 免税品を買いたいんですが。

me.n.ze.i.hi.n.o./ka.i.ta.i.n./de.su.ga

我想買免稅商品。

🔊 021

例 入国カードと税関申告書をください。

nyu.u.ko.ku.ka.a.do.to./ze.i.ka.n.shi.n.ko.ku.
sho.o./ku.da.sa.i.

我要入境卡和申告書。

例 中国語で書いてもいいですか？

chu.u.go.ku.go.de./ka.i.te.mo.i.i.de.su.ka.

可以寫中文嗎？

例 ボールペンを貸してくれませんか？

bo.o.ru.pe.n.o./ka.shi.te.ku.re.ma.se.n.ka.

請借我一支原子筆。

例 書き直してもいいですか？

ka.ki.na.o.shi.te.mo.i.i.de.su.ka.

可以塗改嗎？

例 入国カードの書き方を教えてもらえま
せんか？

nyu.u.ko.ku.ka.a.do.no./ka.ki.ka.ta.o./o.shi.e.te.
mo.ra.e.ma.se.n.ka.

可以告訴我怎麼寫入境卡嗎？

例 お湯をください。

o.yu.o./ku.da.sa.i.

請給我熱水。

例 缶ビールはありますか？

ka.n.bi.i.ru.wa./a.ri.ma.su.ka.

有罐裝啤酒嗎？

022

例 トイレットペーパーがありません。

to.i.re.tto.pe.e.pa.a.ga./a.ri.ma.se.n.

沒有廁所衛生紙了。

例 シートのポケットの中に機内誌がないんですが。

shi.i.to.no./po.ke.tto.no./na.ka.ni./ki.na.i.shi.ga./na.i.n.de.su.ga.

座椅前沒有機上雜誌。

例 修正液はありますか？

shu.u.se.i.e.ki.wa./a.ri.ma.su.ka.

有修正液嗎？

例 電気はどうやってつけますか？

de.n.ki.wa./do.u.ya.tte./tsu.ke.ma.su.ka.

要怎麼把燈打開？

例 東京の天気はどうですか？

to.u.kyo.u.no.te.n.ki.wa./do.u.de.su.ka.

東京天氣如何？

例 定刻に到着しますか？

te.i.ko.ku.ni./to.u.cha.ku.shi.ma.su.ka.

會準時到達嗎？

例 時計を買いたいです。

to.ke.i.o./ka.i.ta.i.de.su.

想買手錶。

① 基本用語
② 飛機
③ 機場
④ 交通
⑤ 住宿
⑥ 飲食
⑦ 觀光
⑧ 購物
⑨ 非常情況

例 予定より遅れますか？

yo.te.i.yo.ri./o.ku.re.ma.su.ka.

會比預定時間晚到嗎？

例 予定通りに着きますか？

yo.te.i.do.o.ri.ni./tsu.ki.ma.su.ka.

會準時到達嗎？

例 現地時間は何時ですか？

ge.n.chi.ji.ka.n.wa./na.n.ji.de.su.ka.

當地時間是幾點？

例 エチケット袋をください。

e.chi.ke.tto.bu.ku.ro.o./ku.da.sa.i.

請給我嘔吐袋。

★餐點

・會・話・

A 牛肉、鶏肉、魚、どれがよろしいですか？

gyu.u.ni.ku./to.ri.ni.ku./sa.ka.na./do.re.ga.yo.ro.shi.i.de.su.ka.

牛肉、雞肉、魚，請問要哪一個？

B 魚をお願いします。

sa.ka.na.o./o.ne.ga.i.shi.ma.su.

請給我魚肉餐。

・例・句・

例 ワインを一杯ください。

wa.i.n.o./i.ppa.i.ku.da.sa.i.

我想要一杯紅酒。

例 コーヒーと紅茶どちらにしますか？

ko.o.hi.i.to./ko.u.cha./do.chi.ra.ni.shi.ma.su.ka.

請問要咖啡還是茶？

例 鶏肉と豚肉、どちらにしますか？

to.ri.ni.ku.to./bu.ta.ni.ku./do.chi.ra.ni.shi.ma.su.ka.

請問要雞肉還是豬肉？

1 基本用語
2 飛機
3 機場
4 交通
5 住宿
6 飲食
7 觀光
8 購物
9 非常情況

例 水をもらえませんか？
mi.zu.o./mo.ra.e.ma.se.n.ka.
請給我一杯水。

例 ポークライスをお願いします。
po.o.ku.ra.i.su./o.ne.ga.i.shi.ma.su.
請給我豬肉飯。

例 菜食料理がありますか？
sa.i.sho.ku.ryo.u.ri.ga./a.ri.ma.su.ka.
請問有素食餐點嗎？

例 私はベジタリアンです。
wa.ta.shi.wa./be.ji.ta.ri.a.n.de.su.
我吃素。

例 お飲み物はいかがですか？
o.no.mi.mo.no.wa./i.ka.ga.de.su.ka.
請問需要飲料嗎？

例 オレンジジュースを一杯ください。
o.re.n.ji.ju.u.su.o./i.ppa.i.ku.da.sa.i.
請給我 1 杯柳橙汁。

例 ミルクをお願いします。
mi.ru.ku.o./o.ne.ga.i.shi.ma.su.
我要奶精。

例 後にしてもいいですか？
a.to.ni./shi.te.mo.i.i.de.su.ka.
可以晚點吃嗎？

MP3 023

例 後で食事をもらえますか？

a.to.de./sho.ku.ji.o./mo.ra.e.ma.su.ka.

可以稍後用餐嗎？

MP3 024

例 砂糖とミルクはご利用になりますか？

sa.to.u.to./mi.ru.ku.wa./go.ri.yo.u.ni./na.ri.ma.su.
ka.

需要糖和奶精嗎？

例 砂糖を一つください。

sa.to.u.o.hi.to.tsu.ku.da.sa.i.

請給我一顆糖。

例 コーラをお願いします。

ko.o.ra.o./o.na.ga.i.shi.ma.su.

我要可樂。

例 アルコールは有料ですか？

a.ru.ko.o.ru.wa./yu.u.ryo.u.de.su.ka.

酒精飲料要付費嗎？

例 お飲み物は何がよろしいでしょうか？

o.no.mi.mo.no.wa./na.ni.ga./yo.ro.shi.i.de.sho.
u.ka.

請問需要什麼飲料？

例 どんな飲み物がありますか？

do.n.na./no.mi.mo.no.ga./a.ri.ma.su.ka.

請問有哪些飲料？

① 基本用語
② 飛機
③ 機場
④ 交通
⑤ 住宿
⑥ 飲食
⑦ 觀光
⑧ 購物
⑨ 非常情況

例 ウーロン茶をください。

u.u.ro.n.cha.o./ku.da.sa.i.

請給我烏龍茶。

例 パンをもう一つください。

pa.n.o./mo.u.hi.to.tsu./ku.da.sa.i.

請再給我一個麵包。

例 機内食の予約はできますか？

ki.na.i.sho.ku.no./yo.ya.ku.wa./de.ki.ma.su.ka.

可以預約飛機餐嗎？

例 特別機内食の手配は可能ですか？

to.ku.be.tsu.ki.na.i.sho.ku.no./te.ha.i.wa./ka.no.
u./de.su.ka.

能為我準備特殊的飛機餐嗎？

例 もう一杯ください。

mo.u./i.ppa.i./ku.da.sa.i.

請再給我一杯。

機場

渋谷　　　　　銀座
　　　　汐留　　月島
東京タワー　　晴海　豊洲
　　　芝浦　　　　　　東雲
目黒　　　　　　　　有明
　　　港南　レインボー　　　　東京ビックサ
　　　　　ブリッジ　フジテレビ
　　天王洲　お台場
　　　　　　　　　青海
　　品川
　　　　大井

★入境

會・話

Ⓐ フライトは何便ですか？

fu.ra.i.to.wa./na.n.bi.n./de.su.ka.

是幾號航班？

Ⓑ 東京航空7便です。

to.u.kyo.u.ko.u.ku.u./na.na.bi.n.de.su.

東京航空7號班機。

例・句

例 この窓口に並んでください。

ko.no.ma.do.gu.chi.ni./na.ra.n.de.ku.da.sa.i.

請到這個窗口排隊。

例 外国人用の入国審査カウンターに並んでください。

ga.i.ko.ku.ji.n.yo.u.no./nyu.u.ko.ku.shi.n.sa./ka.u.n.ta.a.ni./na.ra.n.de.ku.da.sa.i.

請在外國人入境口排隊。

例 一人旅ですか？

hi.to.ri.ta.bi.de.su.

一個人旅行嗎？

例 どうして日本に来ましたか？

do.u.shi.te./ni.ho.n.ni./ki.ma.shi.ta.ka.

請問為甚麼來日本？

例 遊びに来ました。

a.so.bi.ni./ki.ma.shi.ta.

來玩。

例 ワーホリで来ました。

wa.a.ho.ri.de./ki.ma.shi.ta.

我來打工旅遊。

例 留学で来ました。

ryu.u.ga.ku.de./ki.ma.shi.ta.

我來留學。

例 出張です。

shu.ccho.u.de.su.

出差。

例 観光に来ました。

ka.n.ko.u.ni./ki.ma.shi.ta.

來觀光。

例 友人に会いに来ました。

yu.u.ji.n.ni./a.i.ni./ki.ma.shi.ta.

見朋友。

例 職業は何ですか？

sho.ku.gyo.u.wa./na.n.de.su.ka.

請問職業是？

① 基本用語
② 飛機
③ 機場
④ 交通
⑤ 住宿
⑥ 飲食
⑦ 觀光
⑧ 購物
⑨ 非常情況

🎵 025

例 学生です。
ga.ku.se.i.de.su.
是學生。

🎵 026

例 公務員です。
ko.u.mu.i.n.de.su.
是公務員。

例 会社員です。
ka.i.sha.i.n.de.su.
是上班族。

例 どこに泊まりますか？
do.ko.ni./to.ma.ri.ma.su.ka.
住在哪裡？

例 宿泊先はどこですか？
shu.ku.ha.ku.sa.ki.wa./do.ko.de.su.ka.
住在哪裡？

例 どこに宿泊しますか？
do.ko.ni./shu.ku.ha.ku.shi.ma.su.ka.
住在哪裡？

例 東京のホテルに泊まります。
to.u.kyo.u.no./ho.te.ru.ni./to.ma.ri.ma.su.
我住在東京飯店。

例 京都の民宿に泊まります。

kyo.u.to.no.mi.n.shu.ku.ni./to.ma.ri.ma.su.

我住在京都民宿。

例 大阪の寺に泊まります。

o.o.sa.ka.no.te.ra.ni./to.ma.ri.ma.su.

我住在大阪寺廟。

例 奈良でホームステイをします。

na.ra.de./ho.o.mu.su.te.i.o.shi.ma.su.

我住在奈良的寄宿家庭。

例 学校の寮です。

ga.kko.u.no./ryo.u./de.su.

學校宿舍。

例 滞在時間はどのくらいですか？

ta.i.za.i.ji.ka.n.wa./do.no.ku.ra.i.de.su.ka.

請問逗留幾天？

例 十日間泊まります。

to.o.ka.ka.n.to.ma.ri.ma.su.

我會待10天。

例 顔写真を撮ります。

ka.o.ja.shi.n.o./to.ri.ma.su.

要拍臉部寫真。

例 指紋を取ります。

shi.mo.n.o./to.ri.ma.su.

要採集指紋。

MP3 026

例 申告するものはありますか？

shi.n.ko.ku.su.ru.mo.no.wa./a.ri.ma.su.ka.

請問有需要申告的物品嗎？

例 何か申告しますか？

na.ni.ka./shi.n.ko.ku.shi.ma.su.ka.

要申告甚麼嗎？

MP3 027

例 申告するものないです。

shi.n.ko.ku.su.ru.mo.no.wa./na.i.de.su.

沒有要申告的物品。

例 申告するものがあります。

shi.n.ko.ku.su.ru.mo.no.ga./a.ri.ma.su.

有要申請的物品。

例 パスポートと入国カード、税関申告書
を出してください。

pa.su.po.o.to.to./nyu.u.ko.ku.ka.a.do./ze.i.ka.n.
shi.n.ko.ku.sho.o./da.shi.te.ku.da.sa.i.

請出示護照、入境卡和申告書。

例 税関申告書と入国カードはどう書きま
すか？

ze.i.ka.n.shi.n.ko.ku.sho.to./nyu.u.ko.ku.ka.a.
do.wa./do.u.ka.ki.ma.su.ka.

請問申告書和入境卡怎麼寫？

1 基本用語
2 飛機
3 機場
4 交通
5 住宿
6 飲食
7 觀光
8 購物
9 非常情況

MP3 027

例 この見本をご覧ください。

ko.no.mi.ho.no./go.ra.n.ku.da.sa.i.

請參考這邊的範例。

例 手荷物を検査します。

te.ni.mo.tsu.o./ke.n.sa.shi.ma.su.

我們要檢查您的隨身行李。

例 保安検査のため、スーツケースを開けてください。

ho.a.n.ke.n.sa.no.ta.me./su.u.tsu.ke.e.su.o./a.ke.te.ku.da.sa.i.

為了安檢，請打開行李箱。

例 荷物を開けてください。

ni.mo.tsu.o./a.ke.te.ku.da.sa.i.

請打開您的行李。

例 検査完了しました。

ke.n.sa.ka.n.ryo.u.shi.ma.shi.ta.

檢查完畢。

MP3 028

1 基本用語
2 飛機
3 機場
4 交通
5 住宿
6 飲食
7 觀光
8 購物
9 非常情況

★行李

會・話

A 手荷物を取り間違えたら、どうしますか？

te.ni.mo.tsu.o./to.ri.ma.chi.ga.e.ta.ra./do.u.shi.ma.su.ka.

拿錯行李怎麼辦？

B 荷物紛失の問い合わせに行ってください。

ni.mo.tsu.fu.n.shi.tsu.no./to.i.a.wa.se.ni./i.te.ku.da.sa.i.

請到行李掛失櫃檯。

例・句

例 どこで荷物を受け取りますか？

do.ko.de./ni.mo.tsu.o./u.ke.to.ri.ma.su.ka.

請問要去哪邊提領行李？

例 7便の荷物はどこで受け取れますか？

na.na.bi.n.no.ni.mo.tsu.wa./do.ko.de./u.ke.to.re.ma.su.ka.

7號班機的行李在哪提領？

例 手荷物の番号を確認した後、取っくださ
い。

te.ni.mo.tsu.no.ba.n.go.u.o./ka.ku.ni.n.shi.ta.a.to./to.tte.ku.da.sa.i.

請確認行李號碼再提領行李。

🎵 028

例 荷物がなくなってしまいました。

ni.mo.tsu.ga./na.ku.na.tte.shi.ma.i.ma.shi.ta.

我的行李不見了。

例 どこで荷物紛失について聞けますか？

do.ko.de./ni.mo.tsu.fu.n.shi.tsu.ni./tsu.i.te./ki.ke.ma.su.ka.

請問要到哪裡掛失行李？

例 あのう、私のカバンが見つかりません。

a.no.u./wa.ta.shi.no.ka.ba.n.ga./mi.tsu.ka.ri.ma.se.n.

那個….我的包包不見了。

例 私の荷物がまだ来ません。

wa.ta.shi.no.ni.mo.tsu.ga./ma.da.ki.ma.se.n.

我的行李還沒到。

例 バックを機内に忘れてしまいました。

ba.kku.o./ki.na.i.ni./wa.su.re.te.shi.ma.i.ma.shi.ta.

把包包遺忘在飛機裡了。

例 荷物の紛失カウンターに聞いてください。

ni.mo.tsu.no.fu.n.shi.tsu.ka.u.n.ta.a.ni./ki.i.te.ku.da.sa.i.

請到行李掛失台詢問。

① 基本用語
② 飛機
③ 機場
④ 交通
⑤ 住宿
⑥ 飲食
⑦ 觀光
⑧ 購物
⑨ 非常情況

🎧 028

例 荷物番号を見せてください。

ni.mo.tsu.ba.n.go.u.o./mi.se.te.ku.da.sa.i.

請給我看行李號碼。

🎧 029

例 どんなスーツケースですか？

do.n.na./su.u.tsu.ke.e.su.de.su.ka.

請問是甚麼樣的行李箱？

例 スーツケースに青いシルクスカーフを結んでいます。

su.u.tsu.ke.e.su.ni./a.o.i.shi.ru.ku.su.ka.a.fu.o./mu.su.n.de.i.ma.su.

行李箱上有綁藍色絲巾。

例 スーツケースの特徴は何ですか？

su.u.tsu.ke.e.su.no./to.ku.cho.u.wa./na.n.de.su.ka.

行李箱有甚麼特徵？

例 四角でピンクの新しいスーツケースです。

shi.ka.ku.de./pi.n.ku.no./a.ta.ra.shi.i.su.u.tsu.ke.e.su.de.su.

四角形、粉紅色新的箱子。

例 荷物用カートはどこにありますか？

ni.mo.tsu.yo.u.ka.a.to.wa./do.ko.ni./a.ri.ma.su.ka.

哪裡有行李推車？

🎧 029

例 見^みつからなくても、ご連絡^{れんらく}ください。

mi.tsu.ka.ra.na.ku.te.mo./go.re.n.ra.ku.ku.da.sa.i.

即使找不到也請和我聯絡。

例 見^みつからなくても、十日間以内^{とおかかんいない}にご連絡^{れんらく}いたします。

mi.tsu.ka.ra.na.ku.te.mo./to.o.ka.ka.n.i.na.i.ni./go.re.n.ra.ku.i.ta.shi.ma.su.

即使沒找到，會在 10 天內連絡。

例 荷物^{にもつ}が見^みつかったら、すぐご連絡^{れんらく}いたします。

ni.mo.tsu.ga.mi.tsu.ka.tta.ra./su.gu.go.re.n.ra.ku.i.ta.shi.ma.su.

找到行李會盡快聯繫您。

例 もし見^みつかったら、この住所^{じゅうしょ}に送^{おく}ってください

mo.shi.mi.tsu.ka.tta.ra./ko.no.ju.u.sho.ni./o.ku.tte.ku.da.sa.i.

若找到了，請送到這個地址。

例 発見^{はっけん}された荷物^{にもつ}は、ご指定^{してい}の住所^{じゅうしょ}にお送^{おく}りいたします。

ha.kke.n.sa.re.ta.ni.mo.tsu.wa./go.shi.te.i.no.ju.u.sho.ni./o.o.ku.ri.i.ta.shi.ma.su.

找到行李為您送到指定的地址。

① 基本用語
② 飛機
③ 機場
④ 交通
⑤ 住宿
⑥ 飲食
⑦ 觀光
⑧ 購物
⑨ 非常情況

🔊 029

例 見つからない場合は、航空会社の
運送条約によって賠償します。

mi.tsu.ka.ra.na.i.ba.a.i.wa./ku.u.ko.u.ga.i.sha.
no.u.n.so.u.jo.u.ya ku.ni.yo.tte./ba.i.sho.u.shi.
ma.su.

沒找到的話，依航空公司運送條款賠償。

🔊 030

例 賠償について詳しくご説明いたします。

ba.i.sho.u.ni.tsu.i.te./ku.wa.shi.ku./go.se.tsu.me.
i.i.ta.shi.ma.su.

針對賠償會做詳細的說明。

例 私のスーツケースが壊れました。

wa.ta.shi.no.su.u.tsu.ke.e.su.ga./ko.wa.re.ma.
shi.ta.

我的行李箱壞了。

例 中身は大丈夫ですか？

na.ka.mi.wa./da.i.jo.u.bu.de.su.ka.

裡面的東西還好吧？

例 どこで補償を請求できますか？

do.ko.de./ho.sho.u.o./se.i.kyu.u.de.ki.ma.su.ka.

到哪裡請求賠償？

MP3 030

例 持ち込み荷物のサイズは制限がありますか？

mo.chi.ko.mi.ni.mo.tsu.no.sa.i.zu.wa./se.i.ge.n.ga./a.ri.ma.su.ka.

手提行李的大小有限制嗎？

例 荷物はいくつありますか？

ni.mo.tsu.wa./i.ku.tsu.a.ri.ma.su.ka.

有幾件行李。

例 二つ預けます。

fu.ta.tsu.a.zu.ke.ma.su.

要託運2件。

例 託送荷物がありますか？

ta.ku.so.u.ni.mo.tsu.ga./a.ri.ma.su.ka.

請問有托運行李嗎？

例 荷物はいくつ持ち込めますか？

ni.mo.tsu.wa./i.ku.tsu.mo.chi.ko.me.ma.su.ka.

可以帶幾件行李上飛機？

例 手荷物の重量制限を超えています。

te.ni.mo.tsu.no.ju.u.ryo.u.se.i.ge.n.no./ko.e.te.i.ma.su.

行李超重了。

例 超過荷物料金を払ってください。

cho.u.ka.ni.mo.tsu.ryo.u.ki.n.no./ha.ra.tte.ku.da.sa.i.

請付超重費。

① 基本用語
② 飛機
③ 機場
④ 交通
⑤ 住宿
⑥ 飲食
⑦ 観光
⑧ 購物
⑨ 非常情況

★換匯

會・話

A 両替はどこですか？

ryo.u.ga.e.wa.do.ko.de.su.ka.

哪裡換匯？

B 一階のロビーです。

i.kka.i.no.ro.bi.i.de.su.

一樓大廳。

例・句

例 今、両替レートはいくらですか？

i.ma./ryo.u.ga.e.re.e.to.wa./i.ku.ra.de.su.ka.

請問現在匯率是多少？

例 10万円に換えたいんです。

ju.u.ma.n.e.n.ni./ka.e.ta.i.n.de.su.

我想換成10萬日幣。

例 どの両替レートで計算しますか？

do.no.ryo.u.ga.e.re.e.to.de./ke.i.sa.n.shi.ma.su.ka.

要用哪一個匯率計算？

例 購入レートをご参考ください。

ko.u.nyu.u.re.e.to.o./go.sa.n.ko.u.ku.da.sa.i.

請看買入匯率。

例 両替レートが1ドル3円なら、3万ドル
が9万円になります。

ryo.u.ga.e.re.e.to.ga./i.chi.do.ru.sa.n.e.n.na.ra./
sa.n.ma.n.do.ru.ga./kyu.u.ma.n.e.n.ni.na.ri.ma.
su.

匯率1：3，3萬元可換給您日幣9萬元。

例 日本円に換えたいです。

ni.ho.n.e.n.ni./ka.e.ta.i.de.su.

我要換成日幣。

例 手数料はかかりますか？

te.su.u.ryo.u.wa./ka.ka.ri.ma.su.ka.

請問有手續費嗎？

例 24 時間両替できますか？

ni.ju.u.yo.ji.ka.n./ryo.u.ga.e.de.ki.ma.su.ka.

24小時都可以換匯嗎？

例 両替してください

ryo.u.ga.e.shi.te.ku.da.sa.i.

請幫我換匯。

MP3 032

★機場服務

・會・話・

Ⓐ 案内所はどこですか？

a.n.na.i.sho.wa./do.ko.de.su.ka.

詢問中心在哪裡？

Ⓑ 一階の両替の隣です。

i.kka.i.no.ryo.u.ga.e.no.to.na.ri.de.su.

在一樓的匯換中心旁邊。

・例・句・

例 市内地図と観光資料が欲しいんです。

shi.na.i.chi.zu.to./ka.n.ko.u.shi.ryo.u.ga./ho.shi.i.n.de.su.

我想拿市區地圖和旅遊資料。

例 どこで携帯電話を借りられますか？

do.ko.de./ke.i.ta.i.de.n.wa.o./ka.ri.ra.re.ma.su.ka.

請問可以在哪邊租借手機？

例 案内所の隣に携帯電話レンタルカウンターがあります。

a.n.na.i.sho.no.to.na.ri.ni./ke.i.ta.i.de.n.wa.re.n.ta.ru.ka.u.n.ta.a.ga.a.ri.ma.su.

在詢問中心的旁邊就是手機租借櫃台。

① 基本用語
② 飛機
③ 機場
④ 交通
⑤ 住宿
⑥ 飲食
⑦ 觀光
⑧ 購物
⑨ 非常情況

🎧 032

例 携帯電話をレンタルしたいんです。
ke.i.ta.i.de.n.wa.o./re.n.ta.ru.shi.ta.n.de.su.
我想租借手機。

例 レンタル料金はいくらですか？
re.n.ta.ru.ryo.u.ki.n.wa./i.ku.ra.de.su.ka.
請問租借費用。

例 借りる期間が長ければ長いほど、お得です。
ka.ri.ru.ki.ka.n.ga./na.ga.ke.re.ba.na.ga.i.ho.do./o.to.ku.de.su.
借的越久越划算。

例 一週間借りれば、いくらですか？
i.sshu.u.ka.n.ka.ri.re.ba./i.ku.ra.de.su.ka.
租借一週是多少錢？

例 これを機内に持ち込めますか？
ko.re.o./ki.na.i.ni./mo.chi.ko.me.ma.su.ka.
請問這些東西可帶上機嗎？

例 機内に持ち込めないです。
ki.na.i.ni./mo.chi.ko.me.na.i.de.su.
不可帶上飛機。

例 台湾まで届けてもらえますか？
ta.i.wa.n.ma.de./to.do.ke.te.mo.ra.e.ma.su.ka.
請問可以幫我寄回台灣嗎？

MP3 032

例 配送料金はかかりますか？

ha.i.so.u.ryo.u.ki.n.wa./ka.ka.ri.ma.su.ka.

請問有寄送費嗎？

MP3 033

例 配送料金はいくらですか？

ha.i.so.u.ryo.u.ki.n.wa./i.ku.ra.de.su.ka.

請問寄送費多少？

例 配送料金は届ける国によって違います。

ha.i.so.u.ryo.u.ki.n.wa./to.do.ke.ru.ku.ni.ni.yo.tte./chi.ga.i.ma.su.

運費依寄送國家有所不同。

例 葉書をお送ります。

ha.ga.ki.o./o.ku.ri.ma.su.

寄明信片。

例 郵便料金はいくらですか？

yu.u.bi.n.ryo.u.ki.n.wa./i.ku.ra.de.su.ka.

郵寄費多少錢？

例 速達なら、500円です。

so.ku.ta.tsu.na.ra./go.hya.ku.e.n.de.su.

最速件500元日幣。

例 航空便で世界各国宛70円均一です。

ku.u.ko.u.bi.n.de./se.ka.i.ka.kko.ku.a.te./na.na.ju.u.e.n.ki.ni.tsu.de.su.

航空郵件世界各國均一價70元日幣。

① 基本用語
② 飛機
③ 機場
④ 交通
⑤ 住宿
⑥ 飲食
⑦ 觀光
⑧ 購物
⑨ 非常情況

🅜🅟3 033

例 どのくらいで届きますか？

do.no.ku.ra.i.de./to.do.ki.ma.su.ka.

多久會寄到？

例 急送便なら、翌日です。

kyu.u.so.u.bi.n.na.ra./yo.ku.ji.tsu.de.su.

最速件的話隔天就到了。

例 配送後、いつ届きますか？

ha.i.so.u.go./i.tsu.to.do.ki.ma.su.ka.

寄出後，多久可以收到？

例 海外に持っていけるお酒の量はどのくらいですか？

ka.i.ga.i.ni./mo.tte.i.ke.ru.o.sa.ke.no.ryo.u.wa./do.no.ku.ra.i.de.su.ka.

酒類產品可以帶多少出境？

例 一人当たり2本です。

hi.to.ri.a.ta.ri./ni.ho.n.de.su.

一人限帶2瓶。

例 お酒を機内に持ち込めますか？

o.sa.ke.o./ki.na.i.ni./mo.chi.ko.me.ma.su.ka.

酒可以帶上機嗎？

例 お酒は一本なら持ち込めます。

o.sa.ke.wa./i.ppo.n.na.ra./mo.chi.ko.me.ma.su.

一瓶酒是可以帶上機的。

🔊 033

例 トランジット・ホテルに泊まりたいで
す。

to.ra.n.ji.tto.ho.te.ru.ni./to.ma.ri.ta.i.de.su.

我想住過境旅館。

🔊 034

例 待合室は何階にありますか？

ma.chi.a.i.shi.tsu.wa./na.n.ka.i.ni./a.ri.ma.su.ka.

請問候機室在幾樓？

例 プラチナカードがあれば、空港ラウン
ジを利用できます。

pu.ra.chi.na.ka.a.do.ga.a.re.ba./ku.u.ko.u.ra.u.n.
ji.o./ri.yo.de.ki.ma.su.

有白金卡才可以使用休息室。

例 ブランド免税店はどこですか？

bu.ra.n.do.me.n.ze.i.te.n.wa./do.ko.de.su.ka.

名牌免稅店在哪？

例 このエスカレーターで三階まで上がる
と、右側にあります。

ko.no.e.su.ka.re.e.ta.a.de./sa.n.ka.i.ma.de./a.ga.
ru.to./mi.gi.ga.wa.n.ni./a.ri.ma.su.

搭這台手扶梯到3樓，右邊就是了。

1 基本用語
2 飛機
3 機場
4 交通
5 住宿
6 飲食
7 觀光
8 購物
9 非常情況

★機票

・會・話・

Ⓐ 予約を変更できますか？

yo.ya.ku.o./he.n.ko.u.de.ki.ma.su.ka.

可以變更預約嗎？

Ⓑ 不可抗力が原因なら、変更可能です。

fu.ka.ko.u.ryo.ku.ga.ge.n.i.n.na.ra./he.n.ko.u.ka.
no.u.de.su.

若是不可抗力之因素就可以。

・例・句・

例 次の航空便は何時ですか？

tsu.gi.no.ko.u.ku.u.bi.n.wa./na.n.ji.de.su.ka.

請問下一班航機是幾點？

例 次の便に乗るのはちょっと不可能です
が？

tsu.gi.no.bi.n.ni./no.ru.no.wa./cho.tto./fu.ka.no.
u.de.su.

不太可能搭得到下一個航班。

例 明日台湾行きの便はありますか？

a.shi.ta./ta.i.wa.n.yu.ki.no.bi.n.wa./a.ri.ma.su.
ka.

明天有到台灣的班機嗎？

① 基本用語
② 飛機
③ 機場
④ 交通
⑤ 住宿
⑥ 飲食
⑦ 觀光
⑧ 購物
⑨ 非常情況

MP3 034

例 午後三時の便は満席です。

go.go.sa.n.ji.no.bi.n.wa./ma.n.se.ki.de.su.

下午3點班機已滿。

MP3 035

例 次の便はまだ空席がありますか？

tsu.gi.no.bi.n.wa./ma.da./ku.u.se.ki.ga./a.ri.ma. su.ka.

下個航班還有空位嗎？

例 台湾行き便の予約をもう一度確認した いです。

ta.i.wa.n.yu.ki.bi.n.no.yo.ya.ku.o./mo.u.i.chi. do.ka.ku.ni.n.shi.ta.i.de.su.

想再次確認去台灣到航班的預約。

例 まだ一席残っています。

ma.da./i.sse.ki.no.ko.tte.i.ma.su.

還有一個位子。

例 空席はもうないです。

ku.u.se.ki.wa./mo.u.na.i.de.su.

已經沒有空位了。

例 このフライトはもう満席です。

ko.no.fu.ra.i.to.wa./mo.u.ma.n.se.ki.de.su.

這個航班已經滿了。

例 明日一番早い飛行機は何時ですか？

a.shi.ta./i.chi.ba.n.ha.ya.i.hi.ko.u.ki.wa./na.n.ji.
de.su.ka.

明天第一班飛機是幾點？

例 台湾行きのフライトはまだ席がありま
すか？

ta.i.wa.n.yu.ki.no.fu.ra.i.to.wa./ma.da.se.ki.ga./
a.ri.ma.su.ka.

去台灣的飛機還有位子嗎？

例 キャンセル待ちのお客様はカウンター
にお越しください。

kya.n.se.ru.ma.chi.no.o.kya.ku.sa.ma.wa./ka.u.
n.ta.a.ni./o.ko.shi.ku.da.sa.i.

等候補位的乘客請到櫃台。

例 夜 11 時の航空便はよろしいですか？

yo.ru./ju.u.i.chi.ji.no.ko.u.ku.u.bi.n.de./yo.ro.
shi.i.de.su.ka.

晚上11點的航班可以嗎？

例 必ずパスポートと同じローマ字氏名で
予約してください。

ka.na.ra.zu./pa.su.po.o.to.to./o.na.ji.ro.o.ma.ji.
shi.me.i.de./yo.ya.ku.shi.te.ku.da.sa.i.

一定要用和護照相同的羅馬名字預約。

① 基本用語
② 飛機
③ 機場
④ 交通
⑤ 住宿
⑥ 飲食
⑦ 觀光
⑧ 購物
⑨ 非常情況

MP3 035

例 予約氏名を訂正できます。

yo.ya.ku.shi.me.i.o./te.i.se.i.de.ki.ma.su.

可以修改預約大名。

例 パスポートの氏名と違うと、予約無効です。

pa.su.po.o.to.no.shi.me.i.to./chi.ga.u.to./yo.ya.ku.mu.ko.u.de.su.

和護照名字不同的話，預約無效。

例 3月3日出発の航空券を1枚ください。

sa.n.ga.tsu.mi.kka.shu.ppa.tsu.no./ko.u.ku.u.ke.n.o./i.chi.ma.i.ku.da.sa.i.

我想買一張3月3日出發的機票。

MP3 036

例 台北行きの航空券を1枚ください。

ta.i.pe.i.yu.ki.no./ko.u.ku.u.ke.n.o./i.chi.ma.ku.da.sa.i.

我想買一張往台北的機票。

例 往復航空券をください。

o.u.fu.ku.ko.u.ku.u.ke.n.o./ku.da.sai.

請給我一張來回機票。

例 チェックインをします。

che.kku.i.n.o.shi.ma.su.

我要劃位。

例 座席を指定できますか？

za.se.ki.o./shi.te.i.de.ki.ma.su.ka.

可以指定座位嗎？

例 指定がご希望なら、お早めに来てください。

shi.te.i.ga./go.ki.bo.u.na.ra./o.ha.ya.me.ni./ki.te.ku.da.sa.i.

要指定的話，請早點來。

例 どっちの席がいいですか？

do.cchi.no.se.ki.ga./i.i.de.su.ka.

哪個位置比較好？

例 どんな座席がよろしいですか？

do.n.na.za.se.ki.ga./yo.ro.shi.i.de.su.ka.

請問要甚麼樣的位子？

例 窓側の座席がいいです。

ma.do.ga.wa.no./za.se.ki.ga./i.i.de.su.

我想要靠窗的位置。

例 機体中央の席をお願いします。

ki.ta.i.chu.u.o.u.no./se.ki.o./o.ne.ga.i.shi.ma.su.

我想要飛機中間的位置。

例 主翼近くの座席に座りたくないです。

shu.yo.ku.chi.ka.ku.no./za.se.ki.ni./su.wa.ri.ta.ku.na.i.de.su.

我不想要靠機翼的位置。

MP3 036

例 通路側の座席をお願いします。

tsu.u.ro.ga.wa.no.za.se.ki.o./o.ne.ga.i.shi.ma.su.

請給我靠走道的位置。

例 通路側の座席がよろしいですか？

tsu.u.ro.u.ga.wa.no./za.se.ki.ga./yo.ro.shi.i.de.su.ka.

走道的位子可以嗎？

例 窓側の座席はもうないです。

ma.do.ga.wa.no./za.se.ki.wa./mo.u.na.i.de.su.

靠窗的位子已經沒了。

例 今、ビジネスクラスの座席しか残って
いません。

i.ma./bi.ji.ne.su.ku.ra.su.no./za.se.ki.shi.ka./no.ko.tte.i.ma.se.n.

目前只剩下商務艙的位置。

MP3 037

例 マイルを航空券に交換できますか？

ma.i.ru.o./ko.u.ku.u.ke.n.ni./ko.u.ka.n.de.ki.ma.su.ka.

可以用里程數換機票嗎？

例 出発日時を延ばしたいです。

shu.ppa.tsu.ni.chi.ji.o./no.ba.shi.ta.i.de.su.

我想延後出發的日期。

① 基本用語
② 飛機
③ 機場
④ 交通
⑤ 住宿
⑥ 飲食
⑦ 觀光
⑧ 購物
⑨ 非常情況

🎵 037

例 フライトを変更（へんこう）できますか？
fu.ra.i.to.o./he.n.ko.u.de.ki.ma.su.ka.
請問可以更改航班嗎？

例 昨日（きのう）予約（よやく）した飛行機（ひこうき）を変更（へんこう）してもいいですか？
ki.no.u./yo.ya.ku.shi.ta./hi.ko.u.ki.o./he.n.ko.u.shi.te.mo./i.i.de.su.ka.
可以變更昨天預約的航班嗎？

例 ご予約（よやく）のお名前（なまえ）をいただけますか？
go.yo.ya.ku.no.o.na.ma.e.o./i.ta.da.ke.ma.su.ka.
請給我預約大名。

例 今（いま）キャンセルできますが、返金（へんきん）できません。
i.ma./kya.n.se.ru.de.ki.ma.su.ga./he.n.ki.n.de.ki.ma.se.n.
現在可以取消但是不退款。

例 明日（あした）の便（びん）のキャンセル待（ま）ちができるかもしれません。
a.shi.ta.no.bi.n.no./kya.n.se.ru.ma.chi.ga./de.ki.ru.ka.mo.shi.re.ma.se.n.
有可能後補到明天的班機。

例 出発（しゅっぱつ）一週間前（いっしゅうかんまえ）ならまだ変更（へんこう）できます。
shu.ppa.tsu.i.sshu.u.ka.n.ma.e.na.ra.ma.da./he.n.ko.u.de.ki.ma.su.
出發前一週可以變更嗎？

MP3 037

例 飛行機便を変更できますが、差額が
　発生します。

hi.ko.u.ki.bi.n.o./he.n.ko.u.de.ki.ma.su.ga./sa.
ga.ku.ga./ha.sse.shi.ma.su.

可以變更航班，會有差額。

例 空席があったら、変更してもらいたい
　です。

ku.u.se.ki.ga./a.tta.ra./he.n.ko.u.shi.te./mo.ra.i.
ta.i.de.su.

還有空位的話，想更改航班。

例 お名前と便名をいただけますか？

o.na.ma.e.to./bi.n.me.i.o./i.ta.da.ke.ma.u.ka.

請給我姓名和航班。

例 一ヶ月前に予約した飛行機をキャンセ
　ルしたいです。

i.kka.ge.tsu.ma.e.ni./yo.ya.ku.shi.ta./hi.ko.u.ki.
o./kya.n.se.ru.shi.ta.i.de.su.

想取消一個月前預定的班機。

MP3 038

例 台湾行き飛行機は週に何便ですか？

ta.i.wa.n.yu.ki.hi.ko.u.ki.wa./shu.u.ni./na.n.bi.n.
de.su.ka.

飛往台灣的班機一週幾班？

① 基本用語
② 飛機
③ 機場
④ 交通
⑤ 住宿
⑥ 飲食
⑦ 觀光
⑧ 購物
⑨ 非常情況

例 台北行きのフライトは週二便あります。

ta.i.pe.i.yu.ki.no./fu.ra.i.to.wa./shu.u.ni.bi.n./a.ri.ma.su.

往台北的航班每週有2班。

例 松山空港への直行便はありますか？

ma.tsu.ya.ma.ku.u.ko.u.e.no./cho.kko.u.bi.n.wa./a.ri.ma.su.ka.

有直飛松山機場的嗎？

例 毎週火、金曜日出発します。

ma.i.shu.u./ka./ki.n.yo.u.bi./shu.ppa.tsu.shi.ma.su.

每週二、五出發。

★出境

・會・話・

Ⓐ ３番の搭乗ゲートはどこですか？

sa.n.ba.n.no./to.u.jo.u.ge.e.to.wa./do.ko.de.su.
ka.

3號登機門在哪裡？

Ⓑ この免税店を通ると、見えます。

ko.no.me.n.ze.i.te.n.o./to.o.ru.to./mi.e.ma.su.

過了免税店就可以看到了。

・例・句・

例 搭乗口へ、遅くとも何時に行ったらい
いでしょうか？

to.u.jo.u.ku.chi.e./o.so.ku.to.mo./na.n.ji.ni./i.tta.
ra.i.i.de.sho.u.ka.

最晚幾點到登機門就可以了？

例 出発時刻の10分前までに搭乗口へお
越しください。

shu.ppa.tsu.ji.ko.ku.no./ji.ppu.n.ma.e.ma.de.ni./
to.u.jo.u.ku.chi.e./o.ko.shi.ku.da.sa.i.

請在出發前10分鐘到。

1 基本用語
2 飛機
3 機場
4 交通
5 住宿
6 飲食
7 觀光
8 購物
9 非常情況

038

例 台風のため、7便の出発を明日に延期します。

ta.i.fu.u.no.ta.me./na.na.bi.n.no.shu.ppa.tsu.o./a.shi.ta.ni./e.n.ki.shi.ma.su.

因為颱風,7號班機延至明天出發。

 039

例 どのくらい遅れますか?

do.no.ku.ra.i./o.ku.re.ma.su.ka.

會延遲多久?

例 金属類の物はトレーに置いてください。

ki.n.zo.ku.no.mo.no.wa./to.re.e.ni./o.i.te.ku.da.sa.i.

金屬物品請放在藍子中。

例 パソコンなどの電子用品はかばんから出してください。

pa.so.ko.n.na.do.no./de.n.shi.yo.u.hi.n.wa./ka.ba.n.ka.ra./da.shi.te.ku.da.sa.i.

個人電腦等電子產品請從包包中取出。

例 アクセサリなどの金属品は取ってください。

a.ku.se.sa.ri.na.do.no./ki.n.zo.ku.hi.n.wa./to.tte.ku.da.sa.i.

飾品等金屬物品請取下。

例 身の回り品をトレーに入れてください。

mi.no.ma.wa.ri.hi.no./to.re.e.ni./i.re.te.ku.da.sa.i.

請將隨身行李放在籃子中。

例 台湾行きの便は30分遅れで出発いたします。

ta.i.wa.n.yu.ki.no.bi.n.wa./sa.n.ji.ppu.n./o.ku.re.de./shu.ppa.tsu.i.ta.shi.ma.su.

去台灣的班機延遲30分出發。

例 7便は定刻通りで出発しますか？

na.na.bi.n.wa./te.i.ko.ku.do.o.ri.de./shu.ppa.tsu.shi.ma.su.ka.

7號班機準時出發。

例 出発時刻はまだ10分ありますが、お早めに搭乗口へ行ってください。

shu.ppa.tsu.ji.ko.ku.wa./ma.da.ji.ppu.n.a.ri.ma.su.ga./o.ha.ya.me.ni./to.u.jo.u.ku.chi.e./i.tte.ku.da.sa.i.

離出發時間還有10分鐘，請趕快到登機口。

例 3番ゲートはどの辺ですか？

sa.n.ba.n.ge.e.to.wa./do.ko.no.he.n./de.su.ka.

3號登機門在哪邊？

① 基本用語
② 飛機
③ 機場
④ 交通
⑤ 住宿
⑥ 飲食
⑦ 觀光
⑧ 購物
⑨ 非常情況

🔊 039

例 ３番の搭乗ゲートはどうやって行きますか？

sa.n.ba.n.no.to.u.jo.u.ge.e.to.wa./do.u.ya.tte./i.ki.ma.su.ka.

3 號登機門往哪邊走？

例 ただいまより、搭乗が始まります。

ta.da.i.ma.yo.ri./to.u.jo.u.ga./ha.ji.ma.ri.ma.su.

現在開始登機。

🔊 040

例 パスポートと航空券を見せてください。

pa.su.po.o.to.to./ko.u.ku.u.ke.n.o./mi.se.te.ku.da.sa.i.

請出示護照及機票。

例 台北行き飛行機が離陸しました。

ta.i.pe.i.yu.ki.hi.ko.u.ki.ga./ri.ri.ku.shi.ma.shi.ta.

往台北方向的航班已起飛。

例 飛行機に乗り遅れてしまいました。

hi.ko.u.ki.ni./no.ri.o.ku.re.te./shi.ma.i.ma.shi.ta.

我錯過班機了。

例 台湾行きの便に乗り遅れました。

ta.i.wa.n.yu.ki.no.bi.n.ni./no.ri.o.ku.re.ma.shi.ta.

沒搭到去台灣的班機。

PART 4
交通

渋谷　　　　　　銀座
　　　　　汐留　　月島
　　　　　　晴海　豊洲
東京
タワー　　　　　　　　東雲
　　芝浦
　　　　　　　　　有明
目黒　　　　　　　　　　　　東京ビックサ
　　　　　レインボー
　　　　港南　ブリッジ　　　フジテレビ
　　　　天王洲　お台場
　　　　　　　　　　　青海
品川

大井

MP3 041

1 基本用語
2 飛機
3 機場
4 交通
5 住宿
6 飲食
7 觀光
8 購物
9 非常情況

★詢問

·會·話·

A 東京ホテルはどの辺ですか？

to.u.kyo.u.ho.te.ru.wa./do.no.he.n.de.su.ka.

東京飯店在哪一邊？

B この通りを沿って行って、右側にあります。

ko.no.to.o.ri.o./so.tte./i.tte./mi.gi.ga.wa.ni.a.ri.
ma.su.

沿這條路走，在右邊。

·例·句·

例 空港出口側にはシャトルバスがあります。

ku.u.ko.u.de.gu.chi.ga.wa.ni.wa./sha.to.ru.ba.
su.ga./a.ri.ma.su.

機場出口側有接駁車。

例 どうやって市内へ行きますか？

do.u.ya.tte./shi.na.i.e./i.ki.ma.su.ka.

請問要怎麼去市區？

例 空港に迎えに来ていただけませんか？

ku.u.ko.u.ni./mu.ka.e.ni./ki.te./i.ta.da.ke.ma.se.
n.ka.

可以來接機嗎？

🎧 041

例 新宿までどう行けば一番便利ですか？

shi.n.ju.ku.ma.de./do.u.i.ke.ba./i.chi.ba.n.be.n.ri.de.su.ka.

請問去新宿，怎樣最方便？

例 六本木へどう行きますか？

ro.ppo.n.gi.e./do.u.i.ki.ma.su.ka.

請問怎麼去六本木？

例 真っ直ぐ行って右に曲がると、駅が見えます。

ma.ssu.gu./i.tte./mi.gi.ni./ma.ga.ru.to./e.ki.ga./mi.e.ma.su.

直走後右轉就可以看到車站了。

例 次の信号を右に曲がってください。

tsu.gi.no.shi.n.go.u.o./mi.gi.ni./ma.ga.tte.ku.da.sa.i.

在下個紅綠燈左轉。

例 次の角で右折してください。

tsu.gi.no.ka.do.de./u.se.tsu.shi.te./ku.da.sa.i.

在下個街角右轉。

例 郵便局の斜め向かいです。

yu.u.bi.n.kyo.ku.no./na.na.me.mu.ka.i.de.su.

在郵局的斜對面。

例 この道を渡ると、着きます。

ko.no.mi.chi.o./wa.ta.ru.to./tsu.ki.ma.su.

過了這條馬路就到了。

MP3 042

例 道に迷ってしまった。

mi.chi.ni./ma.yo.tte./shi.ma.tta.

我迷路了。

例 ここはどこですか？

ko.ko.wa./do.ko.de.su.ka.

請問我現在的位置是？

例 コインロッカーはどこにありますか？

ko.i.n.ro.kka.a.wa./do.ko.ni./a.ri.ma.su.ka.

請問哪裡有置物櫃？

例 コインロッカーを探しています。

ko.i.n.ro.kka.a.o./sa.ga.shi.te.i.ma.su.

我想找置物櫃。

例 道を渡って左に曲がると神社です。

mi.chi.o./wa.ta.tte./hi.da.ri.ni./ma.ga.ru.to./ji.n.ja.de.su.

過馬路在左轉就是神社了。

例 ホテルへどうやって行きますか？

ho.te.ru.e./do.u.ya.tte./i.ki.ma.su.ka.

請問怎麼去飯店？

例 その右手の歩道橋を降りると、喫茶店があります。

so.no.mi.gi.te.no./ho.do.u.kyo.u.o./o.ri.ru.to./ki.ssa.te.n.ga./a.ri.ma.su.

從左邊的天橋下來，就有一家咖啡店。

① 基本用語
② 飛機
③ 機場
④ 交通
⑤ 住宿
⑥ 飲食
⑦ 觀光
⑧ 購物
⑨ 非常情況

MP3 042

例 郵便局は次の曲がり角です。

yu.u.bi.n.kyo.ku.wa./tsu.gi.no.ma.ga.ri.ka.do.
de.su.

郵局在下一個轉角。

例 銀行は本屋の斜め向かいです。

gi.n.ko.u.wa./ho.n.ya.no./na.na.me.mu.ka.i.de.su.

銀行在書店的斜對面。

例 動物園は遊園地の隣です。

do.u.bu.tsu.e.n.wa./yu.u.e.n.chi.no./to.na.ri.de.su.

動物園在遊樂園旁邊。

例 どうやって行けばいいですか？

do.u.ya.tte./i.ke.ba./i.i.de.su.ka.

怎麼去最方便。

例 ホテルから空港までどのくらい掛りますか？

ho.te.ru.ka.ra./ku.u.ko.u.ma.de./do.no.ku.ra.i./
ka.ka.ri.ma.su.ka.

飯店到機場大約要多久時間？

例 何時に出発しますか？

na.n.ji.ni./shu.ppa.tsu.shi.ma.su.ka.

幾點出發？

例 何時間掛かりますか？

na.n.ji.ka.n./ka.ka.ri.ma.su.ka.

需要多久？

043

例 割引切符はどこで買えますか？

wa.ri.bi.ki.ki.ppu.wa./do.ko.de./ka.e.ma.su.ka.

哪裡可以買到優惠車票？

例 金券ショップに行って見てください。

ki.n.ke.n.sho.ppu.ni./i.tte./mi.te./ku.da.sa.i.

可以去金券店問問看。

例 どう行けば一番早いですか？

do.u./i.ke.ba./i.chi.ba.n./ha.ya.i./de.su.ka.

怎麼走最快呢？

例 金券店でチケットが安売りされています。

ki.n.ke.n.te.n.de./chi.ke.tto.ga./ya.su.u.ri.sa.re.te./i.ma.su.

票券販賣店有便宜的票券。

1 基本用語
2 飛機
3 機場
4 交通
5 住宿
6 飲食
7 觀光
8 購物
9 非常情況

101

★徒步

・會・話・

Ⓐ ホテルから駅までどのくらい掛かりますか？

ho.te.ru.ka.ra./e.ki.ma.de./do.no.ku.ra.i./ka.ka.ri.ma.su.ka.

從飯店到車站要多久？

Ⓑ 徒歩で5分です。

to.ho.de./go.fu.n.de.su.

走路5分鐘。

例・句

例 徒歩でも行けますか？

to.ho.de.mo./i.ke.ma.su.ka.

請問走路可以到嗎？

例 徒歩でどのくらい掛かりますか？

to.ho.de./do.no.ku.ra.i./ka.ka.ri.ma.su.ka.

請問走路要多久？

例 歩けば、約10分です。

a.ru.ke.ba./ya.ku.ji.ppu.n.de.su.

走路約10分鐘路程。

① 基本用語
② 飛機
③ 機場
④ 交通
⑤ 住宿
⑥ 飲食
⑦ 觀光
⑧ 購物
⑨ 非常情況

⑩ 歩けば、10分掛かります。

a.ru.ke.ba./ji.ppu.n.ka.n.ka.ka.ri.ma.su.

走路要10分鐘。

MP3 044

⑩ 歩いていけない所です。

a.ru.i.te.i.ke.na.i.to.ko.ro.de.su.

走路不會到。

⑩ あそこは電車もバスもないから、歩いていけない所です。

a.so.ko.wa./de.n.sha.mo./ba.su.mo./na.i.ka.ra./a.ru.i.te.i.ke.na.i./to.ko.ro.de.su.

那邊沒有電車也沒有公車，走路不會到的地方。

⑩ 電車より、徒歩が便利です。

de.n.sha.yo.ri./to.ho.ga./be.n.ri.de.su.

比起坐火車，走路更方便。

★腳踏車

・會・話・

A レンタサイクル料金_{りょうきん}はいくらですか？

re.n.ta.sa.i.ku.ru.ryo.u.ki.n.wa./i.ku.ra.de.su.ka.

腳踏車租借費多少？

B 車種_{しゃしゅ}と利用期間_{りようきかん}によって違_{ちが}います。

sha.shu.to./ri.yo.u.ki.ka.n.ni.yo.tte./chi.ga.i.ma.su.

依車種和租借時間不同。

・例・句・

例 自転車_{じてんしゃ}を借_かりてもいいですか？

ji.te.n.sha.o./ka.ri.te.mo./i.i.de.su.ka.

可以租借腳踏車嗎？

例 レンタサイクルを借_かりたいです。

re.n.ta.sa.i.ku.ru.o./ka.ri.ta.i.de.su.

我想租單車。

例 レンタル期間_{きかん}はどのくらいまで可能_{かのう}ですか？

re.n.ta.ru.ki.ka.n.wa./do.no.ku.ra.i.ma.de./ka.no.u.de.su.ka.

租車可以租多久？

① 基本用語
② 飛機
③ 機場
④ 交通
⑤ 住宿
⑥ 飲食
⑦ 觀光
⑧ 購物
⑨ 非常情況

🔊 MP3 044

例 レンタサイクル利用時間は午前10時から午後5時までです。

re.n.ta.sa.i.ku.ru.ri.yo.u.ji.ka.n.wa./go.ze.n.jゅu.ji.ka.ra./go.go.go.ji.ma.de.de.su.

租單車時間是上午10點到下午5點。

🔊 MP3 045

例 5時までに自転車を返してください。

go.ji.ma.de.ni./ji.te.n.sha.o./ka.e.shi.te.ku.da.sa.i.

請務必在5點錢還車。

例 貸出期間を延長する場合、超過料金がかかります。

ka.shi.da.shi.ki.ka.n.o./e.n.cho.u.su.ru.ba.a.i./cho.u.ka.ryo.u.ki.n.ga./ka.ka.ri.ma.su.

延遲歸還單車需要額外付費。

例 個人資料を書いてください。

ko.ji.n.shi.ryo.u.o./ka.i.te.ku.da.sa.i.

請填寫您的個人資料。

例 保証料は5000円です。

ho.sho.u.ryo.u.wa./go.se.n.e.n.de.su.

需要5000元押金。

例 貸出場所に返却してください。

ka.shi.da.shi.ba.sho.ni./he.n.kya.ku.shi.te.ku.da.sa.i.

必須原地歸還單車。

MP3 045

例 どんな自転車を借りたいですか？

do.n.na.ji.de.n.sha.o./ka.ri.ta.i.de.su.ka.

要租甚麼樣的單車？

例 変速付きですか？

he.n.so.ku.zu.ki.de.su.ka.

有變速功能嗎？

例 電動自転車はありますか？

de.n.do.u.ji.te.n.sha.wa./a.ri.ma.su.ka.

有電動腳踏車嗎？

例 自転車の性能を確認してください。

ji.te.n.sha.no.se.i.no.u.o./ka.ku.ni.n.shi.te.ku.da.
sa.i.

請確認腳踏車功能。

例 自転車専用レーンを走ってください。

ji.te.n.sha.se.n.yo.u.re.e.n.o./ha.shi.tte.ku.da.sa.i.

請走單車專用道。

例 レンタサイクルツアーに参加します
か？

re.n.ta.sa.i.ku.ru.tsu.a.a.ni./sa.n.ka.shi.ma.su.ka.

請問要參加腳踏車導覽行程嗎？

例 これはお薦めの路線です。

ko.re.wa./o.su.su.me.no./ro.se.n.de.su.

此為建議路線。

MP3 045

例 鍵をかけるのを忘れないでください。

ka.gi.o./ka.ke.ru.no.o./wa.su.re.na.i.de.ku.da.sa.i.

請記得上車鎖。

MP3 046

例 他の返却ポートで返却可能です。

ho.ka.no.he.n.kya.ku.po.o.to.de./he.n.kya.ku.ka.
no.u.de.su.

可以甲地借乙地還。

例 駐輪場にしか駐輪できないのですか？

chu.u.ri.n.jo.u.ni./shi.ka./shu.u.ri.n.de.ki.na.i.
no./de.su.ka.

只能停在腳踏車停車場嗎？

例 返却ポートはどこですか？

he.n.kya.ku.po.o.to.wa./do.ko.de.su.ka.

歸還處在哪裡？

1 基本用語
2 飛機場
3 機場
4 交通
5 住宿
6 飲食
7 觀光
8 購物
9 非常情況

★租車

・會・話・

Ⓐ 日本は右ハンドルなので、気を付けて下さい。

ni.ho.n.wa./mi.gi.ha.n.to.ru.na.no.de./ki.o.tsu.ke.te.ku.da.sa.i.

日本是右駕，請小心。

Ⓑ はい、分かりました。

ha.i./wa.ka.ri.ma.shi.ta.

是的，了解。

・例・句・

例 車を借りたいです。

ku.ru.ma.o./ka.ri.ta.i.de.su.

我想要租車。

例 レンタカーの会社はどこですか？

re.n.ta.ka.a.no.ka.i.sha.wa./do.ko.de.su.ka.

請問租車公司在哪裡？

例 どこで車を借りれますか？

do.ko.de./ku.ru.ma.o./ka.ri.re.ma.su.ka.

請問在哪邊租車？

① 基本用語
② 飛機
③ 機場
④ 交通
⑤ 住宿
⑥ 飲食
⑦ 觀光
⑧ 購物
⑨ 非常情況

MP3 046

例 レンタカーを予約しましたか？

re.n.ta.ka.a.o./yo.ya.ku.shi.ma.shi.ta.ka.

請問是否有預約租車？

MP3 047

例 予約していません。

yo.ya.ku.shi.te.i.ma.se.n.

我沒有預約。

例 車を借りたいなら、どんな書類が必要
ですか？

ku.ru.ma.o./ka.ri.ta.i.na.ra./do.n.na.sho.ru.i.ga./
hi.tsu.yo.u.de.su.ka.

請問租車需要甚麼文件？

例 パスポート、運転免許、翻訳書類を出
してください。

pa.su.po.o.to./u.n.te.n.me.n.kyo./ho.n.ya.ku.sho.
ru.i.o./da.shi.te.ku.da.sa.i.

請出示您的護照、駕照及日文譯本。

例 レンタル料金は保険代も含まれますか？

re.n.ta.ru.ryo.u.ki.n.wa./ho.ke.n.da.i.mo./fu.ku.
ma.re.ma.su.ka.

請問租車費用有包含保險嗎？

例 保険料は別ですか？

ho.ke.n.ryo.u.wa./be.tsu.de.su.ka.

請問保險費用要另外加買嗎？

例 カーナビとチャイルドシートは必要ですか？

ka.a.na.bi.to./cha.i.ru.do.shi.i.to.wa./hi.tsu.yo.u.de.su.ka.

請問需要GPS或兒童坐椅嗎？

例 レンタル料金は1日でいくらですか？

re.n.ta.ru.ryo.u.ki.n.wa./i.chi.ni.chi.de./i.ku.ra.de.su.ka.

請問租車一天的費用是多少？

例 ガソリンスタンドはどこですか？

ga.so.ri.n.su.ta.n.do.wa./do.ko.de.su.ka.

哪裡有加油站？

例 車を返す時、ガソリンは満タンにしてください。

ku.ru.ma.o.ka.e.su.to.ki./ga.so.ri.n.wa./ma.n.ta.n.ni./shi.te.ku.da.sa.i.

還車時請加滿油。

例 ここにサインしてください。

ko.ko.ni./sa.i.n.shi.te.ku.da.sa.i.

請在這邊簽名。

例 ホテルに駐車場がありますか？

ho.te.ru.ni./chu.u.sha.jo.u.ga./a.ri.ma.su.ka.

請問飯店有停車場嗎？

MP3 047

例 泊まる所に駐車場があるかどうか確認
してください。

to.ma.ru.to.ko.ro.ni./chu.u.sha.jo.u.ga./a.ru.ka.
do.u.ka./ka.ku.ni.n.shi.te.ku.da.sa.i.

請確定住的地方是否有停車場。

例 これは日本の基本交通標識です。

ko.re.wa./ni.ho.n.no./ki.ho.n.ko.u.tsu.u.hyo.u.
shi.ki.de.su.

這是日本的基本交通標誌。

 MP3 048

例 交通ルールを守ってください。

ko.u.tsu.u.ru.u.ru.o./ma.mo.tte.ku.da.sa.i.

請遵守交通規則。

例 罰金があったら、支払ってください。

ba.kki.n.ga.a.tta.ra./shi.ha.ra.tte.ku.da.sa.i

如有罰金，請支付。

例 前金は必要ですか？

ma.e.ki.n.wa./hi.tsu.yo.u.de.su.ka.

需要訂金嗎？

例 距離は無制限ですか？

kyo.ri.wa./mu.se.i.ge.n.de.su.ka.

有里程限制嗎？

右側邊欄：

① 基本用語
② 飛機
③ 機場
④ 交通
⑤ 住宿
⑥ 飲食
⑦ 觀光
⑧ 購物
⑨ 非常情況

🎵 048

⑱ レギュラー満タンお願いします。

re.gyu.ra.a./ma.n.ta.n./o.ne.ga.i.shi.ma.su.

無鉛加滿。

⑱ 京都へ返さなくて、奈良で車を乗り捨ててもいいですか？

kyo.u.to.e.ka.e.sa.na.ku.te./na.ra.de./ku.ru.ma.o./no.ri.su.te.te.mo.i.i.de.su.ka.

可以不開回京都，把車停在奈良嗎？

⑱ ガソリン代込みですか？

ga.so.ri.n.da.i./ko.mi.de.su.ka.

有含汽油費嗎？

⑱ 車種は指定できますか？

sha.shu.wa./shi.te.i.de.ki.ma.su.ka.

可以指定車款嗎？

⑱ 事前の車種指定は可能ですか？

ji.ze.n.no./sha.shu.shi.te.i.wa./ka.no.u.de.su.ka.

可以事先指定車款嗎？

⑱ どんな車種がありますか？

do.n.na./sha.shu.ga./a.ri.ma.su.ka.

有什麼樣的車款？

⑱ この車は何年くらいですか？

ko.no.ku.ru.ma.wa./na.n.ne.n.ku.ra.i./de.su.ka.

這台車大概多久了？

★計程車

・會・話・

A どちらへいきますか？

do.chi.ra.e./i.ki.ma.su.ka.

要去哪邊？

B 成田空港へ行ってください。

na.ri.ta.ku.u.ko.u.e./i.tte.ku.da.sa.i.

請到成田機場。

例・句

例 タクシーを呼んでいただけますか？

ta.ku.shi.i.o./yo.n.de.i.ta.da.ke.ma.su.ka.

需要幫您叫計程車嗎？

例 タクシーを呼んでください。

ta.ku.shi.i.o./yo.n.de.ku.da.sa.i.

請幫我叫計程車。

例 タクシー乗り場はどこですか？

ta.ku.shi.i.no.ri.ba.wa./do.ko.de.su.ka.

請問計程車站在哪裡？

例 タクシーに乗れば、いくらかかりますか？

ta.ku.shi.i.ni./no.re.ba./i.ku.ra.ka.ka.ri.ma.su.ka.

請問坐計程車大約多少錢？

🔊 049

例 次の角で止まってください。

tsu.gi.no.ka.do.de./to.ma.tte.ku.da.sa.i

請在下一個街角停車。

例 タクシーの基本料金はいくらかかりますか？

ta.ku.shi.i.no./ki.ho.n.ryo.u.ki.n.wa./i.ku.ra.ka.ka.ri.ma.su.ka.

計程車的基本費是多少？

例 深夜料金を計算しますか？

shi.n.ya.ryo.u.ki.n.no./ke.i.sa.n.shi.ma.su.ka.

請問有夜間加乘嗎？

例 初乗運賃はいくらですか？

ha.tsu.no.ri.u.n.chi.n.wa./i.ku.ra.de.su.ka.

請問起跳價是多少？

例 マイレージはどれくらい加算されますか？

ma.i.re.e.ji.wa./do.re.ku.ra.i./ka.sa.n.sa.re.ma.su.ka.

請問多遠跳錶一次？

例 加算運賃はいくらですか？

ka.sa.n.u.n.chi.n.wa./i.ku.ra.de.su.ka.

請問跳錶一次多少錢？

MP3 049

例 これはホテルの住所です。

ko.re.wa./ho.te.ru.no./ju.u.sho.de.su.

這是飯店的地址。

例 この住所へ行ってください。

ko.no.ju.u.sho.e./i.tte.ku.da.sa.i.

請到這個地址。

MP3 050

例 領収書をください。

ryo.u.shu.u.sho.o./ku.da.sa.i.

請給我收據。

例 ここで止めてください。

ko.ko.de./to.me.te.ku.da.sa.i.

請在這邊停車。

例 トランクをあけてください。

to.ra.n.ku.o./a.ke.te./ku.da.sa.i.

請打開後車廂。

例 タクシーの予約は可能ですか？

ta.ku.shi.i.no./yo.ya.ku.wa./ka.no.u./de.su.ka.

可以預約計程車嗎？

例 どこで止めればいいですか？

do.ko.de./to.me.re.ba./i.i.de.su.ka.

要停在哪邊呢？

🔊 050

⑩ ここまでお願いします

ko.ko.ma.de./o.ne.ga.i.shi.ma.su.

請這邊停車。

⑩ 前のコンビニで止めてください。

ma.e.no./ko.n.bi.ni.de./to.me.te./ku.da.sa.i.

請停在前方便利商店處。

★巴士

・會・話・

Ⓐ ホテル行きのシャトルバス乗り場はど
こですか？

ho.te.ru.yu.ki.no./sha.to.ru.ba.su.no.ri.ba.wa./
do.ko.de.su.ka.

往飯店的快速巴士站在哪？

Ⓑ 駅の西口を出ると、見えます。

e.ki.no./ni.shi.gu.chi.o./de.ru.to./mi.e.ma.su.

車站西側出口出去就可以看到了。

・例・句・

⑩ バス停はどこですか？

ba.su.te.i.wa./do.ko.de.su.ka.

請問公車站在哪？

⑩ 祇園行きのバス停はどこですか？

gi.o.n.yu.ki.no./ba.su.te.i.wa./do.ko.de.su.ka.

請問往祇園的公車站在哪裡？

⑩ 市内行きのバス乗り場はどこですか？

shi.na.i.yu.ki.no./ba.su.no.ri.ba.wa./do.ko.de.su.
ka.

請問往市區的巴士站在哪裡？

🎧 050

例 市バスに乗ってください。

shi.ba.su.ni./no.tte.ku.da.sa.i.

您可以搭乘市區巴士。

🎧 051

例 観光バスはありますか？

ka.n.ko.u.ba.su.wa./a.ri.ma.su.ka.

請問有觀光巴士嗎？

例 観光バスは無料ですか？

ka.n.ko.u.ba.su.wa./mu.ryo.u.de.su.ka.

請問觀光巴士是免費的嗎？

例 一日乗車券は回数に制限なくバスに乗れます。

i.chi.ni.chi.jo.u.sha.ke.n.wa./ka.i.su.u.ni./se.i.ge.n.na.ku./ba.su.ni./no.re.ma.su.

一日券可以無限搭乘公車。

例 どの駅で降りればいいですか？

do.no.e.ki.de./o.ri.re.ba./i.i.de.su.ka.

請問要在哪一站下車？

例 何番のバスに乗りますか？

na.n.ba.n.no.ba.su.ni./no.ri.ma.su.ka.

請問要搭幾號公車？

例 夜行バスは何時に着きますか？

ya.ko.u.ba.su.wa./na.n.ji.ni./tsu.ki.ma.su.ka.

夜間巴士幾點到達？

051

例 観光バスは金閣寺と銀閣寺、花見小路
を通ります。

ka.n.ko.u.ba.su.wa./ki.n.ka.ku.ji.to./gi.n.ka.ku.
ji./ha.na.mi.ko.u.ji.o./to.o.ri.ma.su.

觀光巴士有經過金閣寺、銀閣寺及花見小路。

例 3列シートのバスに乗りたいです。

sa.n.re.tsu.shi.i.to.no.ba.su.ni./no.ri.ta.i.de.su.

我想做3列式的大巴。

例 どうやってバスに乗りますか？

do.u.ya.tte./ba.su.ni./no.ri.ma.su.ka.

請問怎麼搭公車？

例 金閣寺に到着する時、知らせてくださ
い。

ki.n.ka.ku.ji.ni./to.u.cha.ku.su.ru.to.ki./shi.ra.se.
te.ku.da.sa.i.

到金閣寺站時，請告訴我。

例 金閣寺から銀閣寺まで、何番のバスに
乗りますか？

ki.n.ka.ku.ji.ka.ra./gi.n.ka.ku.ji.ma.de./na.n.ba.
n.no.ba.su.ni./no.ri.ma.su.ka.

從金閣寺到銀閣寺要搭幾號公車？

例 京都行きのバスですか？

kyo.u.to.yu.ki.no.ba.su.de.su.ka.

請問是往京都的公車嗎？

① 基本用語
② 飛機
③ 機場
④ 交通
⑤ 住宿
⑥ 飲食
⑦ 觀光
⑧ 購物
⑨ 非常情況

MP3 051

例 清水寺へ行く場合、何番のバスに乗りますか？

ki.yo.mi.zu.de.ra.e./i.ku.ba.a.i./na.n.ba.n.no.ba.su.ni./no.ri.ma.su.ka.

請問往清水寺要搭幾號公車？

MP3 052

例 どこで303番バスを待ちますか？

do.ko.de./sa.n.ze.ro.sa.n.ba.n.ba.su.o./ma.chi.ma.su.ka.

請問在哪裡等303公車？

例 心斎橋へ行くお客様は、ここで降りてください。

shi.n.sa.i.ba.shi.e./i.ku.o.kya.ku.sa.ma.wa./ko.ko.de./o.ri.te.ku.da.sa.i.

到心齋橋的客人，請在下站下車。

例 まだいくつ駅がありますか？

ma.da./i.ku.tsu.e.ki.ga./a.ri.ma.su.ka.

請問還有幾站要下車？

例 奈良へ行くお客様はここで乗り換えてください。

na.ra.e./i.ku.o.kya.ku.sa.ma.wa./ko.ko.de./no.ri.ka.e.te.ku.da.sa.i.

往奈良的旅客，請在本站換車。

052

例 二番目の駅で降ります。

ni.ba.n.me.no.e.ki.de./o.ri.ma.su.

第2站要下車。

例 バスでおつりが出ますか？

ba.su.de./o.tsu.ri.ga./de.ma.su.ka.

請問公車有找零嗎？

例 乗る時に整理券を必ずお取りください。

no.ru.to.ki.ni./se.i.ri.ke.n.o./ka.na.ra.zu./o.to.ri.
ku.da.sa.i.

上車請取票。

例 運賃表示器に表示された金額を支払っ
てください。

u.n.chi.n.hyo.u.ji.ki.ni./hyo.u.ji.sa.re.ta./ki.n.ga.
ku.o./shi.ha.ra.tte.ku.da.sa.i.

下車請依里程表付款。

例 交通カードは使用できません。

ko.u.tsu.u.ka.a.do.wa./shi.yo.u.de.ki.ma.se.n.

不可使用交通卡。

例 バスを乗り間違えました。

ba.su.o./no.ri.ma.chi.ga.e.ma.shi.ta.

我坐錯車了。

例 向こうで反時計回りバスに乗り換えて
ください。

mu.ko.u.de./ha.n.to.ke.i.ma.wa.ri.ba.su.ni./no.ri.
ka.e.te.ku.da.sa.i.

請到對面換反方向的公車。

例 後何分で着きますか？

a.to./na.n.pu.n.de./tsu.ki.ma.su.ka.

還有幾分會到？

例 横断歩道を渡って、空港行きのシャトルバス乗り場があります。

o.u.da.n.ho.do.u.o./wa.ta.tte./ku.u.ko.u.yu.ki.
no./sha.to.ru.ba.su.no.ri.ba.ga./a.ri.ma.su.

過了馬路就有往機場的巴士站。

例 バスの運賃はいくらですか？

ba.su.no./u.n.chi.n.wa./i.ku.ra.de.su.ka.

搭乘巴士多少錢？

例 バス停はここから遠いですか？

ba.su.te.i.wa./ko.ko.ka.ra./to.o.i./de.su.ka.

巴士站離這裡遠嗎？

例 駅から出るとすぐ目の前にバス停があります。

e.ki.ka.ra./de.ru.to./su.gu./me.no.ma.e.ni./ba.su.
te.i.ga./a.ri.ma.su.

從車站出來前面就有巴士站。

1 基本用語
2 飛機
3 機場
4 交通
5 住宿
6 飲食
7 觀光
8 購物
9 非常情況

MP3 053

★電車

・會・話・

A 新幹線の指定席はどこで買えますか？

shi.ka.n.se.n.no./shi.te.i.se.ki.wa./do.ko.de./ka.e.ma.su.ka.

新幹線的指定席車票在哪買？

B あそこの緑の窓口です。

a.so.ko.no./mi.do.ri.no./ma.do.gu.chi.de.su.

那邊綠色的窗口。

・例・句・

例 地下鉄に乗ったほうがいいです。

chi.ka.te.tsu.ni./no.tta.ho.u.ga./i.i.de.su.

建議搭地鐵比較好。

例 東京行きの電車に乗ってください。

to.u.kyo.u.yu.ki.no.de.n.sha.ni./no.tte.ku.da.sa.i.

您可以搭往東京的地鐵。

例 3号線に乗ってください。

sa.n.go.u.se.n.ni./no.tte.ku.da.sa.i.

你可以搭乘3號線。

例 切符はどこで買えますか？

ki.ppu.wa./do.ko.de./ka.e.ma.su.ka.

請問在哪裡買票？

例 大阪行きの切符を一枚ください。

o.o.sa.ka.yu.ki.no./ki.ppu.o./i.chi.ma.i.ku.da.sa.i.

請給我往大阪的車票。

例 切符は一枚いくらですか？

ki.ppu.wa./i.chi.ma.i./i.ku.ra.de.su.ka.

一張車票多少錢？

例 寝台のチケットを一枚ください。

shi.n.da.i.no.chi.kke.to.o./i.chi.ma.i.ku.da.sa.i.

我想買臥鋪車票。

例 往復切符をください。

o.u.fu.ku.ki.ppu.o./ku.da.sa.i.

我要買來回車票。

例 片道切符をください。

ka.ta.mi.chi.ki.ppu.o./ku.da.sa.i.

請給我單程車票。

例 青春 18 切符を買いたいです。

se.i.shu.n.ju.u.ha.chi./ki.ppu.o./ka.i.ta.i.de.su.

我想買青春18。

例 青春 18 切符はどう使いますか？

se.i.shu.n.ju.u.ha.chi./ki.ppu.wa./do.u.tsu.ka.i.
ma.su.ka.

怎麼使用青春18？

MP3 054

例 周遊券に引換えます。
しゅうゆうけん　ひ き か

shu.u.yu.u.ke.n.ni./hi.ki.ka.e.ma.su.

我想兌換周遊券。

例 金券ショップはどこですか？
きんけん

ki.n.ke.n.sho.ppu.wa./do.ko.de.su.ka.

請問金券店在哪裡？

例 金券ショップで格安チケットを買えます。
きんけん　　　　　かくやす　　　　　　　　か

ki.n.ke.n.sho.ppu.de./ka.ku.ya.su.chi.ke.tto.o./
ka.e.ma.su.

在金券店可以買到便宜的票。

例 交通カードを使えば、交通料金はお得になりますか？
こうつう　　　　　つか　　　　　こうつうりょうきん
とく

ko.u.tsu.u.ka.a.do.o./tsu.ka.e.ba./ko.u.tsu.u.ryo.
u.ki.n.wa./o.to.ku.ni.na.ri.ma.su.ka.

使用交通卡可節省交通費嗎？

例 自動券売機はどうやって使うのですか？
じどうけんばいき　　　　　　　　　つか

ji.do.u.ke.n.ba.i.ki.wa./do.u.ya.tte./tsu.ka.u.no.
de.su.ka

請問怎麼使用售票機？

例 精算機はどうやって使いますか？
せいさんき　　　　　　　　　　つか

se.i.sa.n.ki.wa./do.u.ya.tte./tsu.ka.i.ma.su.ka.

如何使用補票機？

1 基本用語
2 飛機
3 機場
4 交通
5 住宿
6 飲食
7 觀光
8 購物
9 非常情況

🔊 MP3 054

例 運賃が不足している場合は、精算機で精算してください。

u.n.chi.n.ga./fu.so.ku.shi.te.i.ru.ba.a.i.wa./se.i.sa.n.ki.de./se.i.sa.n.shi.te.ku.da.sa.i.

票額不足時，請用補票機補票。

🔊 MP3 055

例 残額が足りない場合は、精算機をご利用ください。

za.n.ga.ku.ga./ta.ri.na.i.ba.a.i.wa./se.i.sa.n.ki.o./go.ri.yo.ku.da.sa.i.

金額不足時，請利用補票機。

例 切符を持ち帰りたいです。

ki.ppu.o./mo.chi.ka.e.ri.ta.i.de.su.

我想保留車票。

例 交通カードにチャージしたいです。

ko.u.tsu.u.ka.a.do.ni./cha.a.ji.ki.n.shi.ta.i.de.su.

我想加值。

例 一番近い地下鉄の駅はどこですか？

i.chi.ba.n.chi.ka.i./chi.ka.te.tsu.no.e.ki.wa./do.ko.de.su.ka.

請問最近的地鐵站在哪？

例 改札口はどこですか？

ka.i.sa.tsu.gu.chi.wa./do.ko.de.su.ka.

剪票口在哪？

例 有人改札を通ってください。

yu.u.ji.n.ka.i.sa.tsu.o./to.o.tte.ku.da.sa.i.

請走人工剪票口。

例 自動改札口を通過してください。

ji.do.u.ka.i.sa.tsu.gu.chi.o./tsu.u.ka.shi.te.ku.da.sa.i.

請走自動剪票口。

例 電車に乗ったほうが早くて便利です。

de.n.sha.ni./no.tta.ho.u.ga./ha.ya.ku.te.be.n.ri.de.su.

搭地鐵最快又方便。

例 地下鉄を降りると、5番出口から出てください。

chi.ka.te.tsu.o./o.ri.ru.to./go.ba.n.de.gu.chi.ka.ra./de.te.ku.da.sa.i.

出了地鐵，請從5號出口出來。

例 地下鉄駅の5番出口から出て、左に曲がってください。

chi.ka.te.tsu.e.ki.no./go.ba.n.de.gu.chi.ka.ra./de.te./hi.da.ri.ni./ma.ga.tte.ku.da.sa.i.

從地鐵站的5號出口出來後，請左轉。

1 基本用語
2 飛機
3 機場
4 交通
5 住宿
6 飲食
7 觀光
8 購物
9 非常情況

MP3 055

例 どこで乗り換えますか？

do.ko.de./no.ri.ka.e.ma.su.ka.

請問要在哪邊轉乘？

例 どの駅で乗り換えますか？

do.no.e.ki.de./no.ri.ka.e.ma.su.ka.

請問要在哪一站轉車？

例 何番線の電車に乗り換えますか？

na.n.ba.n.se.n.no.de.n.sha.ni./no.ri.ka.e.ma.su.ka.

請問要改搭幾號線地鐵？

MP3 056

例 秋葉原行きの電車は、ただいま運転を見合わせております。

a.ki.ha.ba.ra.yu.ki.no./de.n.sha.wa./ta.da.i.ma./u.n.te.no./mi.a.wa.se.te./o.ri.ma.su.

往秋葉原的電車，目前暫時停駛。

例 電車からバスに乗り換える場合、乗継割引があります。

de.n.sha.ka.ra.ba.su.ni./no.ri.ka.e.ru.ba.a.i./no.ri.tsu.gi.wa.ri.bi.ki.ga./a.ri.ma.su.

地鐵轉乘公車有優惠。

例 清水駅で降ります。

shi.mi.zu.e.ki.de./o.ri.ma.su.

我要在清水站下車。

MP3 056

例 検札のため、切符を出してください。
ke.n.sa.tsu.no.ta.me./ki.ppu.o./da.shi.te.ku.da.sa.i.
請出示車票，要驗票。

例 3番ホームで電車に乗ります。
sa.n.ba.n.ho.o.mu.de./de.n.sha.ni./no.ri.ma.su.
我要到3號月台搭車。

例 次の電車は何時発ですか？
tsu.gi.no.de.n.sha.wa./na.n.ji.ha.tsu.de.su.ka.
下個班次是幾點？

例 終発列車は何時ですか？
shu.u.ha.tsu.re.ssha.wa./na.n.ji.de.su.ka.
請問末班車是幾點?

例 始発列車は何時ですか？
shi.ha.tsu.re.ssha.wa./na.n.ji.de.su.ka.
請問早班車是幾點?

例 どこで地下鉄に乗れますか？
do.ko.de./chi.ka.te.tsu.ni./no.re.ma.su.ka.
請問在哪搭地鐵？

例 何番出口から出ますか？
na.n.ba.n.de.gu.chi.ka.ra./de.ma.su.ka.
請問從幾號出口出去？

例 これは東京行きの電車ですか？
ko.re.wa./to.u.kyo.u.yu.ki.no./de.n.sha.de.su.ka.
這班車是要去東京的嗎？

1 基本用語
2 飛機
3 機場
4 交通
5 住宿
6 飲食
7 觀光
8 購物
9 非常情況

🎵 056

例 この列車は新宿駅に止りますか？

ko.no.re.ssha.wa./shi.n.ju.ku.e.ki.ni./to.ma.ri.
ma.su.ka.

請問這班列車有停靠新宿站嗎？

例 この電車は上野へ行きますか？

ko.no.de.n.sha.wa./u.e.no.e.i.ki.ma.su.ka.

請問這班車有到上野嗎？

🎵 057

例 何番線に乗ればいいですか？

na.n.ba.n.se.n.ni./no.re.ba./i.i.de.su.ka.

請問要搭幾號線？

例 どこで乗り換えればいいですか？

do.ko.de./no.ri.ka.e.re.ba./i.i.de.su.ka.

要在哪裡轉車？

例 午前 11 時ごろの電車はありますか？

go.ze.n.ju.u.i.chi.ji.go.ro.no./de.n.sha.wa./a.ri.
ma.su.ka.

有早上11點的電車嗎？

例 地下鉄のなに線に乗ればいいですか

chi.ka.te.tsu.no./na.ni.se.n.ni./no.re.ba./i.i.de.su.
ka.

要搭地下鐵幾號線？

例 急行は何番ホームから出ますか？

kyu.u.ko.u.wa./na.n.ba.n.ho.o.mu.ka.ra./de.ma.su.ka.

快速列車在幾號月台？

例 一つ目の駅で降りてください。

hi.to.tsu.me.no./e.ki.de./o.ri.te.ku.da.sa.i.

請在第一站下車。

例 2号線はこの駅で分岐します。

ni.go.u.se.n.wa./ko.no.e.ki.de./bu.n.ki.shi.ma.su.

2號線在這一站分線行駛。

例 ここから、1つは南行き、1つは東行きです。

ko.ko.ka.ra./hi.to.tsu.wa./mi.na.mi.yu.ki./hi.to.tsu.wa./hi.ga.shi.yu.ki.de.su.

從這邊起、一條往南，一條往東行駛。

例 東行きに乗り換えてください。

hi.ga.shi.yu.ki.ni./no.ri.ka.e.te.ku.da.sa.i.

請換往東行駛的列車。

例 次の駅はなんですか？

tsu.gi.no.e.ki.wa./na.n.de.su.ka.

下一站是哪一站？

❶ 基本用語
❷ 飛機
❸ 機場
❹ 交通
❺ 住宿
❻ 飲食
❼ 觀光
❽ 購物
❾ 非常情況

MP3 057

例 この急行列車は京都駅に止まりますか？

ko.no.kyu.u.ko.u.re.ssha.wa./kyo.u.to.e.ki.ni./
to.ma.ri.ma.su.ka.

這班急行列車有停京都站嗎？

例 地下鉄の路線図はありますか？

chi.ka.te.tsu.no.ro.se.n.zu.wa./a.ri.ma.su.ka.

有地鐵路線圖嗎？

例 時刻表はありますか？

ji.ko.ku.hyo.u.wa./a.ri.ma.su.ka.

有時刻表嗎？

例 この線はどのくらいの間隔で走っていますか？

ko.no.se.n.wa.do.no.ku.ra.i.no./ka.n.ka.ku.de./
ha.shi.tte.i.ma.su.ka.

多久一班車？

MP3 058

例 秋葉原駅はいくつ目ですか？

a.ki.ba.ha.ra.e.ki.wa./i.ku.tsu.me.de.su.ka.

秋葉原是第幾站？

例 北行きのホームはどちらですか？

ki.ta.yu.ki.no./ho.o.mu.wa./do.chi.ra.de.su.ka.

北上月台是哪一邊？

🔊 058

例 これは南行きの列車ですか？

ko.re.wa./mi.na.mi.yu.ki.no./re.ssha./de.su.ka.

這是往南的火車嗎？

例 5番ホームはどのへんですか？

go.ba.n.ho.o.mu.wa./do.no.he.n./de.su.ka.

5號月台在哪裡？

1 基本用語
2 飛機
3 機場
4 交通
5 住宿
6 飲食
7 觀光
8 購物
9 非常情況

渋谷

銀座

汐留

月島

晴海

豊洲

東京
タワー

芝浦

東雲

目黒

有明

レインボー
ブリッジ

東京ビックサ

港南

フジテレビ

天王洲

お台場

品川

青海

大井

★訂房

會・話

A 何時の予約がよろしいですか？

i.tsu.no./yo.ya.ku.ga.yo.shi.i.de.su.ka.

要預約何時？

B 来週の金曜日から日曜日までです。

ra.i.shu.u.no./ki.n.yo.u.bi.ka.ra./ni.chi.yo.u.bi.
ma.de./de.su.

下週五到下週日。

例・句

例 ご予約のお名前は何とおっしゃいますか？

go.yo.ya.ku.no./o.na.ma.e.wa./na.n.to./o.ssha.i.
ma.su.ka.

請問預約大名？

例 空室がありますか？

ku.u.shi.tsu.ga./a.ri.ma.su.ka.

請問還有空房嗎？

例 もう満室です。

mo.u.ma.n.shi.tsu.de.su.

已經客滿了。

1 基本用語
2 飛機
3 機場
4 交通
5 住宿
6 飲食
7 觀光
8 購物
9 非常情況

例 3泊泊まります。

sa.n.pa.ku./to.ma.ri.ma.su.

我想住 3 個晚上。

例 3日にチェックイン、5日にチェックアウトします。

mi.kka.ni./che.kku.i.n./i.tsu.ka.ni./che.kku.a.u.to.shi.ma.su.

我想 3 日入住，5 日退房。

例 来月の部屋の予約ができますか？

ra.i.ge.tsu.no./he.ya.no.yo.ya.ku.ga./de.ki.ma.su.ka.

已經可以預約下個月的房間嗎？

例 遅くとも9時にチェックインしてください。

o.so.ku.to.mo./ku.ji.ni./che.kku.i.n.shi.te.ku.da.sa.i.

最晚 9 點入住。

例 遅くとも12 時にチェックアウトしてください。

o.so.ku.to.mo./ju.u.ni.ji.ni./che.kku.a.u.to.shi.te.ku.da.sa.i.

最晚請 12 點退房。

MP3 059

例 一番早くて3時にチェックインできます。
いちばんはや　　じ

i.chi.ba.n.ha.ya.ku.te./sa.n.ji.ni./che.kku.i.n.de.
ki ma.su.

最早3點入住。

例 3月3日に空室がまだありますか？
さんがつみっか　　くうしつ

sa.n.ga.tsu.mi.kka.ni./ku.u.shi.tsu.ga./ma.da.a.
ri.ma.su.ka.

請問3月3日還有房間嗎？

MP3 060

例 事前清算済みですか？
じぜんせいさんず

ji.ze.n.se.i.sa.n.zu.mi.de.su.ka.

請問需要先付清嗎？

例 チェックアウトする時の精算でいいです。
　　　　　　　　　とき　　せいさん

che.kku.a.u.to.su.ru.to.ki.no./se.i.sa.n.de.i.i.de.su.

退房時結帳即可。

例 一人分朝食が付きます。
いちにんぶんちょうしょく　つ

hi.to.ri.bu.n./cho.u.sho.ku.ga./tsu.ki.ma.su.

有附一客早餐。

例 全館禁煙ホテルです
ぜんかんきんえん

ze.n.ka.n.ki.n.e.n./ho.te.ru.de.su.

本飯店全面禁菸。

1 基本用語
2 飛機
3 機場
4 交通
5 住宿
6 飲食
7 觀光
8 購物
9 非常情況

MP3 060

例 インターネット接続が可能です。

i.n.ta.a.ne.tto./se.tsu.zo.ku.ga./ka.no.u.de.su.

可以上網。

例 今、空室がありません。

i.ma./ku.u.shi.tsu.ga./a.ri.ma.se.n.

現在已經沒有房間了。

例 連泊なら、割引がありますか？

re.n.pa.ku.na.ra./wa.ri.bi.ki.ga./a.ri.ma.su.ka.

請問連續住房有優惠嗎？

例 満室なので、1日目2号室、翌日3号室
に泊まっていただいてよろしいでしょ
うか？

ma.n.shi.tsu.na.no.de./i.chi.ni.chi.me./ni.go.u.
shi.tsu./yo.ku.ji.tsu./sa.n.go.u.shi.tsu.ni./to.ma.
tte.i.ta.da.i.te.yo.ro.shi.i.de.sho.u.ka.

因為客滿，可以第一天住2號房，第二天住3號房
嗎？

例 チェックインする時、身分証明書を
示してください。

che.kku.i.n.su.ru.to.ki./mi.bu.n.sho.u.me.i.sho.
o./shi.me.shi.te.ku.da.sa.i

入住時請出示身分證明文件。

例 洗面用具はありますか？

se.n.me.n.yo.u.gu.wa./a.ri.ma.su.ka.

有盥洗用具嗎？

🔊 060

例 サービス料は含まれていますか？

sa.a.bi.su.ryo.u.wa./fu.ku.ma.re.te.i.ma.su.ka.

有包含服務費嗎？

例 税金は含まれていますか？

ze.i.ki.n.wa./fu.ku.ma.re.te.i.ma.su.ka.

有含稅嗎？

例 宿泊料には朝夕食事代を含みます。

shu.ku.ha.ku.ryo.u.ni.wa./a.sa.yu.u.sho.ku.ji.da.i.o./fu.ku.mi.ma.su.

費用包括早晚餐。

🔊 061

例 クレジットカード番号を教えてください。

ku.re.ji.tto.ka.a.do./ba.n.go.u.o./o.shi.e.te.ku.da.sa.i.

請提供信用卡卡號。

例 部屋は一室が一万二千円です。

he.ya.wa./i.sshi.tsu.ga./i.chi.ma.n.ni.se.n.e.n.de.su.

一間房 12000 日幣。

例 一人で一万二千円です。

hi.to.ri.de./i.chi.ma.n.ni.se.n.e.n.de.su.

一個人 12000 日幣。

❶ 基本用語
❷ 飛機
❸ 機場
❹ 交通
❺ 住宿
❻ 飲食
❼ 觀光
❽ 購物
❾ 非常情況

例 2連泊以上なら、1割引きです。

ni.re.n.pa.ku.i.jo.u.na.ra./i.chi.wa.ri.bi.ki.de.su.

連續入住2天以上優惠10%。

例 連泊なら、二泊目は半額です。

re.n.pa.ku.na.ra./ni.ha.ku.me.wa./ha.n.ga.ku.de.su.

連續入住，第二晚半價。

例 もしもし、そっちは東京ホテルですか？

mo.shi.mo.shi./so.cchi.wa./to.u.kyo.u.ho.te.ru.de.su.ka.

喂，請問那邊是東京飯店嗎？

例 京都ホテルですか？

kyo.u.to.ho.te.ru.de.su.ka.

是京都飯店嗎？

例 その部屋にします。

so.no.he.ya.ni./shi.ma.su.

就這間房間。

例 水曜日の予約をお願いします。

su.i.yo.u.bi.no.yo.ya.ku.o./o.ne.ga.i.shi.ma.su.

我要預定星期三。

例 もっと安い部屋はありませんか？

mo.tto./ya.su.i.he.ya.wa./a.ri.ma.su.ka.

有更便宜的房間嗎？

MP3 061

例 来週の金曜日の部屋を予約したいんです。

ra.i.shu.u.no./ki.n.yo.u.bi.no./he.ya.o./yo.ya.ku.shi.ta.i.de.su.

要預定下週五的房間。

例 一月前に予約すると、割引はありますか？

i.chi.ga.tsu.ma.e.ni./yo.ya.ku.su.ru.to./wa.ri.bi.ki.wa./a.ri.ma.su.ka.

一月前預定有優惠嗎？

例 最近どんなお得プランがありますか？

sa.i.ki.n./do.n.na.o.to.ku./pu.ra.n.ga./a.ri.ma.su.ka.

最近有甚麼優惠方案嗎？

1 基本用語
2 飛機
3 機場
4 交通
5 住宿
6 飲食
7 觀光
8 購物
9 非常情況

🎵 062

★位置

·會·話·

Ⓐ ホテルはどの駅の近くですか？

ho.te.ru.wa./do.no.e.ki.no./chi.ka.ku.de.su.ka.

飯店靠近哪個車站？

Ⓑ 京都駅の後ろです。

kyo.u.to.e.ki.no./u.shi.ro.de.su.

就在京都站後面。

·例·句·

例 近くに泊まれる所がありますか？

chi.ka.ku.ni./to.ma.re.ru./to.ko.ro.ga./a.ri.ma.su.ka.

附近有住宿的地方嗎？

例 一番近いホテルはどこですか？

i.chi.ba.n.chi.ka.i./ho.te.ru.wa./do.ko.de.su.ka.

最近的旅館在哪裡？

例 市の中心に位置しています。

shi.no.chu.u.shi.n.ni./i.chi.shi.te.i.ma.su.

我們位於市中心。

例 駅から歩いて約5分です。

e.ki.ka.ra./a.ru.i.te./ya.ku.go.fu.n.de.su.

距車站約5分鐘路程。

⑳駅の隣です。

e.ki.no.to.na.ri.de.su.

在車站旁邊。

⑳近くにスーパーとコンビニ、バス停があります。

chi.ka.ku.ni./su.u.pa.a.to./ko.n.bi.ni./ba.su.te.i.ga./a.ri.ma.su.

附近有超市、便利商店及公車站。

⑳駅から出るとすぐ見えるところです。

e.ki.ka.ra./de.ru.to./su.gu./mi.e.ru./to.ko.ro.de.su.

位於車站出來就看得見的地方。

⑳駅から少し遠いところですが、静かです。

e.ki.ka.ra./su.ko.shi./to.o.i./to.ko.ro.de.su.ga./shi.zu.ka.de.su.

雖然離車站稍遠，但很安靜。

MP3 063

★房型

會・話

Ⓐ どんな部屋がよろしいでしょうか？

do.n.na./he.ya.ga./yo.ro.shi.i.de.sho.u.ka.

要訂哪種房型呢？

Ⓑ 静かな部屋をお願いします。

shi.zu.ka.na.he.ya.o./o.ne.ga.i.shi.ma.su.

請給我安靜的房間。

例・句

例 どんな部屋に泊まりたいですか？

do.n.na.he.ya.ni./to.ma.ri.ta.i.de.su.ka.

請問要訂什麼房型？

例 どんな部屋がありますか？

do.n.na.he.ya.ga./a.ri.ma.su.ka.

請問有哪些房型？

例 これは四人部屋です。

ko.re.wa./yo.ni.n.be.ya.de.su.

這是四人一間的房型。

例 和室をお願いします。

wa.shi.tsu.o./o.ne.ga.i.shi.ma.su.

我要和室房。

例 海側の部屋をお願いします。
u.mi.ga.wa.no.he.ya.o./o.ne.ga.i.shi.ma.su.
我要海景房。

例 山が見える部屋はありますか？
a.ma.ga./mi.e.ru.he.ya.wa./a.ri.ma.su.ka.
有看得見山的房間嗎？

例 お風呂は共有です。
o.fu.ro.wa./kyo.u.yu.u.de.su.
浴室共用。

例 浴槽はありません。
yo.ku.so.u.wa./a.ri.ma.se.n.
沒有浴缸。

例 浴室はシャワータイプです。
yo.ku.shi.tsu.wa./sha.wa.a.ta.i.pu.de.su.
浴室是淋浴的。

例 部屋を見せてもらえませんか？
he.ya.o./mi.se.te./mo.ra.e.ma.se.n.ka.
我可以參觀房間嗎？

例 部屋に風呂はありますか？
he.ya.ni./fu.ro.wa./a.ri.ma.su.ka.
請問房間有浴室嗎？

例 キングサイズのベッドがいいです。
ki.n.gu.sa.i.zu.no./be.tto.ga./i.i.de.su.
我要kiing size的床。

1 基本用語
2 飛機
3 機場
4 交通
5 住宿
6 飲食
7 觀光
8 購物
9 非常情況

🎵 063

例 女性専用の部屋をお願いします。
jo.se.i.se.n.yo.u.no.he.ya.o./o.ne.ga.i.shi.ma.su.
我要女生房。

🎵 064

例 男女が別れている部屋にしてください。
da.n.jo.ga./wa.ka.re.te.i.ru./he.ya.ni./shi.te./ku.da.sa.i.
請給我男女分開的房間。

例 洋室を予約したいです。
yo.u.shi.tsu.o./yo.ya.ku.shi.ta.i.de.su.
請給我西式房間。

例 夜景が見える部屋をお願いします。
ya.ke.i.ga./mi.e.ru./he.ya.o./o.ne.ga.i.shi.ma.su.
請給我看得到夜景的房間。

例 キッチン付きの部屋をお願いします。
ki.cchi.n.tsu.ki.no./he.ya.o./o.ne.ga.i.shi.ma.su.
請給我有廚房的房間。

例 この部屋はキッチンがありますか？
ko.no./he.ya.wa./ki.cchi.n.ga./a.ri.ma.su.ka.
這個房間有廚房嗎？

例 窓がある部屋がいいです

ma.do.ga./a.ru./he.ya.ga./i.i.de.su.

有窗的房間較好。

例 最近温泉旅館が大人気だ！

sa.i.ki.n./o.n.se.n.ryo.u.ka.n.ga./da.i.ni.n.ki.da.

最近温泉旅館很受歡迎。

例 明るい部屋をお願いします。

a.ka.ru.i./he.ya.o./o.ne.ga.i.shi.ma.su.

請給我明亮的房間。

例 夕焼けを見える部屋をお願いします。

yu.u.ya.ke.o./mi.e.ru./he.ya.o./o.ne.ga.i.shi.ma.su.

請給我看得到夕陽的房間。

例 日の出が見える部屋をお願いします。

hi.no.de.ga./mi.e.ru./he.ya.o./o.ne.ga.i.shi.ma.su.

請給我看得到日出的房間。

例 露天風呂付き客室をお願いします。

ro.te.n.bu.ro.tsu.ki./kya.ku.shi.tsu.o./o.ne.ga.i.shi.ma.su.

請給我有戶外温泉的房間。

1 基本用語
2 飛機
3 機場
4 交通
5 住宿
6 飲食
7 觀光
8 購物
9 非常情況

★變更

會・話

Ⓐ 予約時間を変更したいです。

yo.ya.ku.ji.ka.n.o./he.n.ko.u.shi.ta.i.de.su.

想變更預約的時間。

Ⓑ はい、予約番号をお願いします。

ha.i./yo.ya.ku.ba.n.go.u.o./o.ne.ga.i.shi.ma.su.

好的，請給我預約編號。

例・句

例 部屋を変えてもらいたいです。

he.ya.o./ka.e.te.mo.ra.i.ta.i.de.su.

我想換房間。

例 宿泊日を一日減らしたいんです。

shu.ku.ha.ku.bi.o./i.chi.ni.chi./he.ra.shi.ta.i.n.de.su.

我想取消1天住房。

例 もう一日泊まりたいです。

mo.u./i.chi.ni.chi./to.ma.ri.ta.i.de.su.

我想再住一天。

例 上の階の部屋にしていただけませんか？

u.e.no.ka.i.no./he.ya.ni./shi.te.i.ta.da.ke.ma.se.n.ka.

可以改到其他房間？

例 予定より1日早くチェックインしたいんですが。

yo.te.i.yo.ri./i.chi.ni.chi.ha.ya.ku./che.kku.i.n.shi.ta.i.n.de.su.ga.

想比預定時間提早一天入住。

例 宿泊のキャンセル料はいくらかかりますか？

shu.ku.ha.ku.no./kya.n.se.ru.ryo.u.wa./i.ku.ra./ka.ka.ri.ma.su.ka.

取消住宿的費用是多少？

例 先月予約した部屋をキャンセルしてもいいですか？

se.n.ge.tsu./yo.ya.ku.shi.ta./he.ya.o./kya.n.se.ru.shi.te.mo.i.i.de.su.ka.

可以取消上個月預定的房間嗎？

例 一番遅くて何時まで予約をキャンセルしたら、キャンセル料がかかりませんか？

i.chi.ba.n.o.so.ku.te./i.tsu.ma.de.yo.ya.ku.o./kya.n.se.ru.shi.ta.ra./kya.n.se.ru.ryo.u.ga./ka.ka.ri.ma.se.n.ka.

最晚何時免費可以取消訂房？

1 基本用語
2 飛機
3 機場
4 交通
5 住宿
6 飲食
7 觀光
8 購物
9 非常情況

🔊 065

㊟ 予約日の前日はキャンセル料がかかります。

yo.ya.ku.bi.no./ze.n.ji.tsu.wa./kya.n.se.ru.ryo.u.ga./ka.ka.ri.ma.su.

前一天取消要付手續費。

🔊 066

㊟ 予約人数を変更したいんです。

yo.ya.ku.ni.n.zu.u.o./he.n.ko.u.shi.ta.i.n.de.su.

我想更改預約人數。

㊟ 来週の月曜日に変更したいんです。

ra.i.shu.u.no./ge.tsu.yo.u.bi.ni./he.n.ko.u.shi.ta.i.n.de.su.

我想改成下週一。

㊟ 部屋のタイプの変更は可能ですか？

he.ya.no./ta.i.pu.no./ne.n.ko.u.wa./ka.no.u.de.su.ka.

可以更改房型嗎？

㊟ 部屋数を追加したいです。

he.ya.ka.zu.o./tsu.i.ka.shi.ta.i.de.su.

我想加訂房間數量。

★入住

會・話

A 部屋は何階ですか？

he.ya.wa./na.n.ga.i.de.su.ka.

房間在幾樓？

B 五階です。

go.ka.i.de.su.

在五樓。

例・句

例 予約をしましたか？

yo.ya.ku.o./shi.ma.shi.ta.ka.

請問已經預約了嗎？

例 予約はありません。

yo.ya.ku.wa./a.ri.ma.se.n.

我沒有預約。

例 予約のお客様しか受け付けません。

yo.ya.ku.no.o.kya.ku.sa.ma.shi.ka./u.ke.tsu.ke.ma.se.n.

我們只接受預約訂房。

例 台湾で予約しました。

ta.i.wa.n.de./yo.ya.ku.shi.ma.shi.ta.

在台灣已經預約了。

① 基本用語
② 飛機
③ 機場
④ 交通
⑤ 住宿
⑥ 飲食
⑦ 觀光
⑧ 購物
⑨ 非常情況

MP3 067

例 インターネットで予約しました。

i.n.ta.a.ne.tto.de./yo.ya.ku.shi.ma.shi.ta.

我已經在網路上預約了。

例 私は王小明と申します。

wa.ta.shi.wa./o.u.sho.u.me.i./to.mo.u.shi.ma.su.

我是王小明。

例 これは部屋のカードキーです。

ko.re.wa./he.ya.no./ka.a.do.ki.i.de.su.

這是房卡。

例 これは部屋の鍵です。

ko.re.wa./he.ya.no.ka.gi.de.su.

這是房間的鑰匙。

例 昨日予約した王と申します。

ki.no.u./yo.ya.ku.shi.ta./o.u./to.mo.u.shi.ma.su.

我是昨天預約的王先生。

例 だいたい夜 11 時ごろにホテルに着く と思います。

da.i.ta.i./yo.ru.ju.u.i.chi.ji.go.ro.ni./ho.te.ru.ni./tsu.ku./to.o.mo.i.ma.su.

大概在晚上11點左右才會到飯店。

例 早めにチェックインしたいんですが。

ha.ya.me.ni./che.kku.i.n.shi.ta.i.n.de.su.ga.

想早點入住。

例 チェックインをお願いします。

che.kku.i.n.o./o.ne.ga.i.shi.ma.su.

我想chek in。

例 部屋番号は7です。

he ya.ba.n.go.u.wa./na.na.de.su.

房間號碼是7。

例 チェックインは何時からですか？

che.kku.i.n.wa./na.n.ji.ka.ra.de.su.ka.

幾點開始check in？

例 チェックイン受付時間は何時からです
か？

che.kku.i.n.u.ke.tsu.ke.ji.ka.n.wa./na.n.ji.ka.ra.
de.su.ka.

入住報到的時間從幾點開始？

例 チェックインは何時まで可能ですか？

che.kku.i.n.wa./na.n.ji.ma.de./ka.no.u.de.su.ka.

到幾點為止前可以報到住房？

❶ 基本用語
❷ 飛機
❸ 機場
❹ 交通
❺ 住宿
❻ 飲食
❼ 觀光
❽ 購物
❾ 非常情況

★餐點

會・話

Ⓐ 朝食は何時からですか？

cho.u.sho.ku.wa./na.n.ji.ka.ra.de.su.ka.

早餐幾點開始？

Ⓑ 7時からです。

shi.chi.ji.ka.ra.de.su.

7點開始。

例・句

例 朝食は7時から10時までです。

cho.u.sho.ku.wa./shi.chi.ji.ka.ra./ju.u.ji.ma.de.
de.su.

早餐是7點到10點。

例 地下1階で朝食をご利用してください。

chi.ka.i.kka.i.de./cho.u.sho.ku.o./go.ri.yo.u.shi.
te.ku.da.sa.i.

請到地下一樓享用早餐。

例 ファストフードの無料引換券をご提供します。

fa.a.su.to.fu.u.do.no./mu.ryo.u.hi.ki.ka.e.ke.n.
o./go.te.i.kyo.u.shi.ma.su.

我門提供速食店餐券。

例 コーヒーとお茶は飲み放題ですか？

ko o.hi.i.to./o.cha.wa./no.mi.ho.u.da.i.de.su.ka.

咖啡及茶包可無限暢飲嗎？

例 24 時間食事が可能です。

ni.ju.u.yo.ji.ka.n./sho.ku.ji.ga./ka.no.u.de.su.

24小時提供餐點服務。

例 晩御飯を予約したいです。

ba.n.go.ha.n.o./yo.ya.ku.shi.ta.i.de.su.

我想預定晚餐。

例 食事を提供しません。

sho.ku.ji.o./te.i.kyo.u.shi.ma.se.n.

我們不提供餐點。

例 朝食はどこですか？

cho.u.sho.ku.wa./do.ko.de.su.ka.

在哪吃早餐？

例 晩御飯はどこですか？

ba.n.go.ha.n.wa./do.ko.de.su.ka.

晚餐在哪裡？

① 基本用語
② 飛機
③ 機場
④ 交通
⑤ 住宿
⑥ 飲食
⑦ 觀光
⑧ 購物
⑨ 非常情況

★需求

會・話

A 近くの人気食堂を教えてください。

chi.ka.ku.no./ni.n.ki.sho.ku.do.u.o./o.shi.e.te.
ku.da.sa.i.

請介紹附近的人氣餐廳。

B どんな料理が好きですか？

do.n.na.ryo.ri.ga./su.ki.de.su.ka.

喜歡甚麼樣的料理呢？

例・句

例 蛇口から水が出ません。

ja.gu.chi.ka.ra./mi.zu.ga./de.ma.se.n.

水龍頭沒水。

例 お湯が出ません。

o.yu.ga./de.ma.se.n.

沒有熱水。

例 浴槽の排水溝が詰まりました。

yo.ku.so.u.no./ha.i.su.i.ko.u.ga./tsu.ma.ri.ma.
shi.ta.

浴缸塞住了。

🔰 トイレが流れません。
to.i.re.ga./na.ga.re.ma.se.n.
馬桶塞住了。

🔰 テレビが壊れました。
te.re.bi.ga./ko.wa.re.ma.shi.ta.
電視壞了。

🔰 電気が点かないです。
de.n.ki.ga./tsu.ka.na.i.de.su.
電燈不亮。

🔰 ポットが壊れました。
po.tto.ga./ko.wa.re.ma.shi.ta.
熱水瓶壞了。

🔰 ドライヤーはありますか？
do.ra.i.ya.a.wa./a.ri.ma.su.ka.
有吹風機嗎？

🔰 布団をもう一組ください。
fu.to.n.o./mo.u./hi.to.ku.mi.ku.da.sa.i.
請再給我一件被。

🔰 締め出されました。
shi.me.da.sa.re.ma.shi.ta.
我被趕出門外。

🔰 鍵を部屋に置き忘れました。
ka.gi.o./he.ya.ni./o.ki.wa.su.re.ma.shi.ta.
我把鑰匙忘在房間裡。

① 基本用語
② 飛機
③ 機場
④ 交通
⑤ 住宿
⑥ 飲食
⑦ 觀光
⑧ 購物
⑨ 非常情況

MP3 069

例 金庫の暗証番号を忘れました。
<ruby>金庫<rt>きんこ</rt></ruby>の<ruby>暗証番号<rt>あんしょうばんごう</rt></ruby>を<ruby>忘<rt>わす</rt></ruby>れました。

ki.n.ko.no./a.n.sho.u.ba.n.go.u.o./wa.su.re.ma.
shi.ta.

我忘記保險箱密碼。

MP3 070

例 お薦めレストランはありますか？
お<ruby>薦<rt>すす</rt></ruby>めレストランはありますか？

o.su.su.me.re.su.to.ra.n.wa./a.ri.ma.su.ka.

有推薦的餐廳嗎？

例 近くにどんな観光名所がありますか？
<ruby>近<rt>ちか</rt></ruby>くにどんな<ruby>観光名所<rt>かんこうめいしょ</rt></ruby>がありますか？

chi.ka.ku.ni./do.n.na./ka.n.ko.u.me.i.sho.ga./a.
ri.ma.su.ka.

請問附近有甚麼觀光景點？

例 お薦めツアーはありますか？
お<ruby>薦<rt>すす</rt></ruby>めツアーはありますか？

o.su.su.me./tsu.a.a.wa./a.ri.ma.su.ka.

請問有推薦的觀光行程嗎？

例 変圧器を借りたいんですが。
<ruby>変圧器<rt>へんあつき</rt></ruby>を<ruby>借<rt>か</rt></ruby>りたいんですが。

he.n.a.tsu.ki.o./ka.ri.ta.i.n./de.su.ga.

我想借變壓器。

例 インターネットに接続できません。
インターネットに<ruby>接続<rt>せつぞく</rt></ruby>できません。

i.n.ta.a.ne.tto.ni./se.tsu.zo.ku.de.ki.ma.se.n.

連不上網路。

例 LAN ケーブルの貸出はありますか？
LAN ケーブルの<ruby>貸出<rt>かしだし</rt></ruby>はありますか？

ra.n.ke.e.bu.ru.no./ka.shi.da.shi.wa./a.ri.ma.su.ka.

可以借網路線嗎？

⑩ ルームサービスは何時から何時までで
すか？

ru.u.mu.sa.a.bi.su.wa./na.n.ji.ka.ra./na.n.ji.ma.
de.de.su.ka.

什麼時段可以叫客房服務？

⑩ 客室にはどんなアメニティセットがあ
りますか？

kya.ku.shi.tsu.ni.wa./do.n.na./a.me.ni.ti.se.tto.
ga./a.ri.ma.su.ka.

客房裡有哪些洗漱用品？

⑩ 近くにコンビニはありますか？

chi.ka.ku.ni./ko.n.bi.ni.wa./a.ri.ma.su.ka.

附近有便利商店嗎？

⑩ 加湿器はありますか？

ka.shi.tsu.ki.wa./a.ri.ma.su.ka.

有加濕機嗎？

⑩ 部屋料金につけておいていただけます
か？

he.ya.ryo.u.ki.n.ni./tsu.ke.te.o.i.te./i.ta.da.ke.
ma.su.ka.

可以加算在住房費用裡嗎？

⑩ ドアロックが壊れてしまいました。

do.a.ro.kku.ga./ko.wa.re.te./shi.ma.i.ma.shi.ta.

門鎖壞了。

① 基本用語
② 飛機
③ 機場
④ 交通
⑤ 住宿
⑥ 飲食
⑦ 觀光
⑧ 購物
⑨ 非常情況

MP3 070

例 バスタオルが一枚足りないです。

ba.su.ta.o.ru.ga./i.chi.ma.i.ta.ri.na.i.de.su.

少了1條浴巾。

例 シャトルバスを利用する際、予約は必要ですか？

sha.to.ru.ba.su.o./ri.yo.u.su.ru.sa.i./yo.ya.ku.wa./hi.tsu.yo.u.de.su.ka.

想搭接駁車的話需要預約嗎？

 MP3 071

例 チェックイン前でもプールなどを利用できますか？

che.kku.i.n.ma.e.de.mo./pu.u.ru.na.do.o./ri.yo.u.de.ki.ma.su.ka.

辦理入住前可以使用游泳池嗎？

例 アメニティはどんなものがありますか？

a.me.ni.ti.wa./do.n.na.mo.no.ga./a.ri.ma.su.ka.

洗漱用品裡有哪些東西？

例 アメニティで持ち帰れるものがありますか？

a.me.ni.ti.de./mo.chi.ka.e.re.ru.mo.no.ga./a.ri.ma.su.ka.

洗漱用品有哪些是可以帶走的？

MP3 071

例 プールは冬でも利用できますか？

pu.u.ru.wa./fu.yu.de.mo./ri.yo.u.de.ki.ma.su.ka.

冬天也可以使用游泳池嗎？

★寄物

會・話

Ⓐ チェックアウトした後、荷物を預けて
もいいですか？

che.kku.a.u.to.shi.ta.a.to./ni.mo.tsu.o./a.zu.ke.
te.mo.i.i.de.su.ka.

退房後，還可以寄放行理嗎？

Ⓑ 3時間以内なら大丈夫です。

sa.n.ji.ka.n.i.na.i.na.ra./da.i.jo.u.bu.de.su.

3個小時以內都可以。

例・句

例 貴重品はフロントに預けられます。

ki.cho.u.hi.n.wa./fu.ro.n.to.ni./a.zu.ke.ra.re.ma.su.

貴重物品可寄放櫃檯。

例 貴重品は部屋の金庫に入れてください。

ki.cho.u.hi.n.wa./he.ya.no.ki.n.ko.ni./i.re.te.ku.
da.sa.i.

貴重物品請鎖在房間保險箱。

① 基本用語
② 飛機
③ 機場
④ 交通
⑤ 住宿
⑥ 飲食
⑦ 觀光
⑧ 購物
⑨ 非常情況

MP3 071

例 身の回り品に気を付けてください。

mi.no.ma.wa.ri.hi.n.ni./ki.o./tsu.ke.te.ku.da.sa.i

請小心保管個人物品。

MP3 072

例 1人1つずつ鍵付ロッカーがあります。

hi.to.ri.hi.to.tsu./zu.tsu./ka.gi.tsu.ki.ro.kka.a.ga./
a.ri.ma.su.

每個人有一個上鎖的置物櫃。

例 ロッカーの鍵をちゃんと保管してください。

ro.kka.a.no.ka.gi.o./cha.n.to./ho.ka.n.shi.te.ku.
da.sa.i.

請保管好置物櫃的鑰匙。

例 身の回り品は受付いたしません。

mi.no.ma.wa.ri.hi.n.wa./u.ke.tsu.ke.i.ta.shi.ma.
se.n.

我們不負責保管個人物品。

例 荷物を預けておいていただけます。

ni.mo.tsu.o./a.zu.ke.te.o.i.te.i.ta.da.ke.ma.su.

可以先寄放行李。

例 2時ごろ荷物を取りに来ます。

ni.ji.go.ro./ni.mo.tsu.o./to.ri.ni.ki.ma.su.

預計2點來提行李。

例 チェックインの前に荷物を預かっても
らえますか？

che.kku.i.n.no.ma.e.ni./ni.mo.tsu.o./a.zu.kka.te.
mo.ra.e.ma.su.ka.

在check in之前，可以先寄放行李嗎？

例 荷物を部屋へ運んでおいてもいいです
か？

ni.mo.tsu.o./he.ya.e./ha.ko.n.de.o.i.te./mo.i.i.de.
su.ka.

可以先將行李搬到房間嗎？

例 カードキーはフロントに預けてもいい
ですか？

ka.a.do.ki.i.wa./fu.ro.n.to.ni./a.zu.ke.te.mo./i.i.
de.su.ka.

門卡可以寄放在櫃檯嗎？

例 何でも預けられますか？

a.n.de.mo./a.zu.ke.ra.re.ma.su.ka.

什麼都可以寄放嗎？

例 何時まで預けられますか？

a.n.ji.ma.de./a.zu..ke.ra.re.ma.su.ka.

可以寄放到幾點？

1 基本用語
2 飛機
3 機場
4 交通
5 住宿
6 飲食
7 觀光
8 購物
9 非常情況

★服務

・會・話・

A 駐車料金はいくらですか？

chu.u.sha.ryo.u.ki.n.wa./i.ku.ra.de.su.ka.

停車費多少？

B 一日5百円です。

i.chi.ni.chi./go.hya.ku.e.n.de.su.

1天500日幣。

・例・句・

例 問題があったら、フロントへご連絡ください。

mo.n.da.i.ga.a.tta.ra./fu.ro.n.to.e./go.re.n.ra.ku.ku.da.sa.i.

有任何問題，請致電櫃檯。

例 モーニングコールは必要でしょうか？

mo.o.ni.n.gu.ko.o.ru.wa./hi.tsu.yo.u.de.su.ka.

需要morning call嗎？

例 明日6時に起こしてください。

a.shi.ta./ro.ku.ji.ni./o.ko.shi.te.ku.da.sa.i.

明天6點請叫醒我。

例 ジムとプールはありますか？

ji.mu.to.pu.u.ru.wa./a.ri.ma.su.ka.

請問有健身房和游泳池嗎？

例 ジムは24時間利用可能です。

ji.mu.wa./ni.ju.u.yo.ji.ka.n./ri.yo.u.ka.no.u.de.su.

健身房24小時開放。

例 プールは朝6時からです。

pu.u.ru.wa./a.sa.ro.ku.ji.ka.ra.de.su.

游泳池早上6點開放。

例 ランドリーサービスはありますか？

ra.n.do.ri.i.sa.a.bi.su.wa./a.ri.ma.su.ka.

請問有洗衣服務嗎？

例 2階にランドリー施設があります。

ni.ka.i.ni./ra.n.do.ri.i.shi.se.tsu.ga./a.ri.ma.su.

2樓有自助洗衣房。

例 ブラシ、タオルは各自ご用意ください。

bu.ra.shi./ta.o.ru.wa./ka.ku.ji.go.yo.u.i.u.ku.da.sa.i.

請自備牙刷毛巾。

例 近くの浴場をご利用ください。

chi.ka.ku.no./yo.ku.jo.u.o./go.ri.yo.u.ku.da.sa.i.

請利用附近澡堂。

① 基本用語
② 飛機
③ 機場
④ 交通
⑤ 住宿
⑥ 飲食
⑦ 觀光
⑧ 購物
⑨ 非常情況

例 ロビーでインターネットの利用が可能
　　で、観光資料もあります。

ro.bi.i.de./i.n.ta.a.ne.tto.no./ri.yo.u.ga.ka.no.u.
de./ka.n.ko.u.shi.ryo.u.mo./a.ri.ma.su.

交誼廳可以上網並提供旅遊資料。

例 お友達からのお電話があります。

to.mo.da.chi.ka.ra.no./o.de.n.wa.ga.a./ri.ma.su.

有朋友給您的來電。

例 ご家族からのメッセージはあります。

go.ka.zo.ku.ka.ra.no./me.sse.e.ji.wa./a.ri.ma.su.

有家人給您的留言。

例 空港から出る時、ご連絡ください。

ku.u.ko.u.ka.ra./de.ru.to.ki./go.re.n.ra.ku.ku.da.sa.i.

出了機場請與我們聯繫。

例 空港送迎サービスが必要ですか？

ku.u.ko.u.so.u.ge.i.sa.a.bi.su.ga./hi.tsu.yo.u.de.
su.ka.

請問需要機場接送嗎？

例 空港送迎は事前予約が必要です。

ku.u.ko.u.so.u.ge.i.wa./ji.ze.n.yo.ya.ku.ga./hi.
tsu.yo.u.de.su.

機場接送需事先預約。

🎵 074

例 駅からの送迎サービスがあります。

e.ki.ka.ra.no./so.u.ge.i.sa.a.bi.su.ga./a.ri.ma.su.

有到車站的接駁車。

例 レンタサイクルはありますか？

re.n.ta.sa.i.ku.ru.wa./a.ri.ma.su.ka.

有提供單車租借服務嗎？

例 ランドリーサービスはいくらですか？

ra.n.do.ri.i.sa.a.bi.su.wa./i.ku.ra.de.su.ka.

有洗衣費用嗎？

例 無料ですよ。

mu.ryo.u.de.su.yo.

不用錢。

例 ランドリーの利用時間は何時から何時までですか？

ra.n.do.ri.i.no./ri.yo.u.ji.ka.n.wa./na.n.ji.ka.ra./na.n.ji.ma.de.de.su.ka.

什麼時段可以使用洗衣服務？

例 朝8時から夜10時までです。

a.sa.ha.chi.ji.ka.ra./yo.ru.ju.u.ji.ma.de.de.su.

早上8點到晚上10點。

例 どこか美味しいレストランはありますか？

do.ko.ka./o.i.shi.i.re.su.to.ra.n.wa./a.ri.ma.su.ka.

請問哪裡有好吃的餐廳？

❶ 基本用語
❷ 飛機
❸ 機場
❹ 交通
❺ 住宿
❻ 飲食
❼ 觀光
❽ 購物
❾ 非常情況

074

例 市内のマップはありますか？

shi.na.i.no.ma.ppu.wa./a.ri.ma.su.ka.

有市區地圖嗎？

MP3 075

例 サイクル路線図はありますか？

sa.i.ku.ru.ro.se.n.zu.wa./a.ri.ma.su.ka.

有腳踏車路線圖嗎？

例 近くの名所を教えてください。

chi.ka.ku.no./me.i.sho.o./o.shi.e.te.ku.da.sa.i.

請告訴我附近的名勝。

例 フロントはいつでも開いていますか？

fu.ro.n.to.wa./i.tsu.de.mo./a.i.te.i.ma.su.ka.

櫃檯隨時都開著嗎？

例 部屋を掃除しないでください。

he.ya.o./so.u.ji.shi.na.i.de./ku.da.sa.i.

請不要打掃房間。

例 レンタサイクルは無料です。

re.n.ta.sa.i.ku.ru.wa./mu.ryo.u.de.su.

免費租借腳踏車。

例 市内ツアーに参加したいなら、受付にお申し込みください。

shi.na.i.tsu.a.a.ni./sa.n.ka.shi.ta.i.na.ra./u.ke.tsu.ke.ni./o.mo.u.shi.ko.mi./ku.da.sa.i.

如果想參加市內觀光行程，請向櫃檯提出申請。

★寄宿

會・話

Ⓐ 遅くとも何時までに帰らなければならないですか？

o.so.ku.to.mo./na.n.ji.ma.de.ni./ka.e.ra.na.ke.re.ba./na.ra.na.i.de.su.ka.

最晚幾點前一定要回來？

Ⓑ 10時です。

ju.u.ji.de.su.

10點。

例・句

例 キッチンを使用することができます。

ki.cchi.n.o./shi.yo.u.su.ru.ko.to.ga./de.ki.ma.su.

可使用廚房。

例 自分で料理を作ってもいいです。

ji.bu.n.de./ryo.u.ri.o./tsu.ku.tte.mo.i.i.de.su.

可以自己煮東西。

例 ホームステイを申し込んだ王と申します。

ho.o.mu.su.de.i.o./mo.u.shi.ko.n.da./o.u.to.mo.u.shi.ma.su.

我是申請寄宿家庭的王小姐。

① 基本用語
② 飛機
③ 機場
④ 交通
⑤ 住宿
⑥ 飲食
⑦ 觀光
⑧ 購物
⑨ 非常情況

MP3 076

例 10時までに帰って来てください。

ju.u.ji.ma.de.ni/.ka.e.tte.ki.te.ku.da.sa.i.

請在10點前回來。

例 休日に掃除していただけませんか？

kyu.u.ji.tsu.ni/.so.u.ji.shi.te.i.ta.da.ke.ma.se.n.ka.

假日請幫忙打掃。

例 遅く帰る時、先に電話してください。

o.so.ku.ka.e.ru.to.ki/.sa.ki.ni/.de.n.wa.shi.te.ku.da.sa.i

若晚歸，請先電話聯絡。

例 門限はありますか？

mo.n.ge.n.wa/.a.ri.ma.su.ka.

有門禁嗎？

例 門限時間は11時です。

mo.n.ge.n.ji.ka.n.wa/.ju.u.i.chi.ji.de.su.

門禁時間是11點。

例 座禅会に参加しますか？

za.ze.n.ka.i.ni/.sa.n.ka.shi.ma.su.ka.

要參加坐禪嗎？

例 参禅料はいくらですか？

sa.n.ze.n.ryo.u.wa/.i.ku.ra.de.su.ka.

參禪的費用是多少？

① 基本用語
② 飛機
③ 機場
④ 交通
⑤ 住宿
⑥ 飲食
⑦ 觀光
⑧ 購物
⑨ 非常情況

例 座禅は5時からです。

za.ze.n.wa./go.ji.ka.ra.de.su.

坐禪是5點開始。

例 座禅会の予約締切時間は今日午後五時です。

za.ze.n.ka.i.no./yo.ya.ku.shi.me.ki.ri.ji.ka.n.wa./kyo.u./go.go.go.ji.de.su.

坐禪的報名截止時間是今天下午五點。

例 寺には精進料理しかありません。

te.ra.ni.wa./sho.ji.n.ryo.u.ri.shi.ka.a./ri.ma.se.n

寺廟只提供素食。

例 冷蔵庫にあるものを使ってもいいですか？

re.i.zo.u.ko.ni./a.ru.mo.no.o./tsu.ka.tte.mo./i.i.de.su.ka.

冰箱裡的東西可以用嗎？

例 冷蔵庫にある牛乳を飲んでもいいですか？

re.i.zo.u.ko.ni./a.ru./gyu.u.nyu.u.o./no.n.de.mo./i.i.de.su.ka.

可以喝冰箱裡的牛奶嗎？

★退房

·會·話·

A カギはどうしたらよろしいですか？

ka.gi.wa./do.u.shi.ta.ra./yo.ro.shi.i.de.su.ka.

鑰匙要怎麼處理呢？

B 部屋の中に残したままで、結構です。

he.ya.no.na.ka.ni./no.ko.shi.ta.ma.ma.de./ke.kko.u.de.su.

留在房間就可以了。

·例·句·

例 チェックアウトをお願いします。

che.kku.a.u.to.o./o.ne.ga.i.shi.ma.su.

我想 check out。

例 このカードは受付けていますか？

ko.no.ka.a.do.wa./u.ke.tsu.ke.te.i.ma.su.ka.

可以用這張卡付款嗎？

例 領収書をお願いします。

ryo.u.shu.u.sho.o./o.ne.ga.i.shi.ma.su.

請給我收據。

例 チェックアウトの延長はできますか？

che.kku.a.u.to.no./e.n.cho.u.wa./de.ki.ma.su.ka.

可以延後退房嗎？

例 計算違いがあるようです。
けいさんちがい

ke.i.sa.n.chi.ga.i.ga./a.ru.yo.u.de.su.

好像計算錯誤。

例 クレジットカードを使えますか？
つか

ku.re.ji.tto.ka.a.do.o./tsu.ka.e.ma.su.ka.

可以用信用卡付款。

例 現金で払うともっと安くなりますか？
げんきん はら やす

ge.n.ki.n.de./ha.ra.u.to./mo.tto./ya.su.ku./na.ri.
ma.su.ka.

付現會更便宜嗎？

例 現金で支払ってください。
げんきん しはら

ge.n.ki.n.de./shi.ha.ra.tte.ku.da.sa.i.

請用現金付款。

例 現金で支払ったら、割引があります
げんきん しはら わりびき
か？

ge.n.ki.n.de./shi.ha.ra.tta.ra./wa.ri.bi.ki.ga./a.ri.
ma.su.ka.

用現金付款有折扣嗎？

1 基本用語
2 飛機
3 機場
4 交通
5 住宿
6 飲食
7 觀光
8 購物
9 非常情況

PART

6

飲食

渋谷　　　　汐留　　銀座

東京タワー　　　　月島

芝浦　　　晴海　　豊洲

目黒　　　　　　　　　東雲

港南　　レインボー　　有明

ブリッジ　　　🏠 東京ビックサ

天王洲　　フジテレビ

品川　　お台場

大井　　　青海

大井

★點餐

會・話

A お決まりですか？

o.ki.ma.ri.de.su.ka.

請問要點餐了嗎？

B もうちょっと時間をください。

mo.u./ccho.tto./ji.ka.n.o.ku.da.sa.i

請再稍等一下。

例・句

例 メニューをください。

me.nyu.u.o./ku.da.sa.i.

請給我菜單。

例 ご注文はお決まりですか？

go.cchu.u.mo.n.wa./o.ki.ma.ri.de.su.ka.

已經要點餐了嗎？

例 メニューを見せてください。

me.nyu.u.o./mi.se.te.ku.da.sa.i.

請給我看菜單。

例 ワインはどうですか？

wa.i.n.wa./do.u.de.su.ka.

請問要點紅酒嗎？

1 基本用語
2 飛機
3 機場
4 交通
5 住宿
6 飲食
7 觀光
8 購物
9 非常情況

🎙 078

例 決まったら呼びます。
ki.ma.tta.ra./yo.bi.ma.su.
決定了，再叫你。

例 ご注文よろしいでしょうか？
go.chu.u.mo.n./yo.ro.shi.i.de.sho.u.ka.
請問可以點餐了嗎？

例 お飲み物は何になさいますか？
o.no.mi.mo.no.wa./na.ni.ni.na.sa.i.ma.su.ka.
請問要什麼飲料？

例 デザートは何かありますか？
de.za.a.to.wa./na.ni.ka./a.ri.ma.su.ka.
請問有什麼甜點？

例 中国語のメニューはありますか？
chu.u.go.ku.go.no./me.nyu.u.wa./a.ri.ma.su.ka.
有中文的菜單嗎？

例 精進料理はありますか？
sho.u.ji.n.ryo.u.ri.wa./a.ri.ma.su.ka.
請問有素食餐點嗎？

例 お勧め料理は何ですか？
o.su.su.me.ryo.u.ri.wa./na.n.de.su.ka.
請問有推薦的餐點嗎？

例 人気料理は何ですか？
ni.n.ki.ryo.u.ri.wa./na.n.de.su.ka.
人氣餐點是甚麼？

079

例 今日の看板料理は何ですか？

kyo.u.no./ka.n.ba.n.ryo.u.ri.wa./na.n.de.su.ka.

今日招牌是甚麼？

例 本日特選素材で作った料理です。

ho.n.ji.tsu./to.ku.se.n.so.za.i.de./tsu.ku.tta./ryo.u.ri.de.su.

這是今天用特選食材做的餐點。

例 本日の特別料理は何ですか？

ho.n.ji.tsu.no./to.ku.be.tsu.ryo.u.ri.wa./na.n.de.su.ka.

今天的特別餐點是什麼？

例 この写真はどんな料理ですか？

ko.no.sha.shi.n.wa./do.n.na.ryo.u.ri.de.su.ka.

這張照片是什麼菜？

例 この料理は何か入っていますか？

ko.no.ryo.u.ri.wa./na.ni.ka./ha.i.tte.i.ma.su.ka.

這個餐點有什麼？

例 これはどんな食材で作った料理ですか？

ko.re.wa./do.n.na.sho.ku.za.i.de./tsu.ku.tta.ryo.u.ri.de.su.ka.

這是用什麼食材做的餐點？

例 これはここの名物で作った料理です。

ko.re.wa./ko.ko.no.me.i.bu.tsu.de./tsu.ku.tta.ryo.u.ri.de.su.

這是用當地特產做的餐點。

① 基本用語
② 飛機
③ 機場
④ 交通
⑤ 住宿
⑥ 飲食
⑦ 觀光
⑧ 購物
⑨ 非常情況

例 自慢の料理は何ですか？

ji.ma.n.no.ryo.u.ri.wa./na.n.de.su.ka.

自豪的料理是什麼？

例 果物が入っていないケーキはあります
か？

ku.da.mo.no.ga.ha.i.te.i.na.i./ke.e.ki.wa./a.ri.
ma.su.ka.

有沒有加水果的蛋糕嗎？

例 セットと単品ってどっちがいいですか？

se.tto.to./ta.n.pi.n.tte./do.cchi.ga.i.i.de.su.ka.

要單點還是套餐？

例 一セットは何品ありますか？

i.chi.se.tto.wa./na.n.pi.n./a.ri.ma.su.ka.

一個套餐有幾道餐點？

例 単品はいくらですか？

ta.n.pi.n.wa./i.ku.ra.de.su.ka.

單點價格是多少？

例 店内でお召し上がりですか？

de.n.na.i.de./o.me.shi.a.ga.ri.de.su.ka.

內用嗎？

例 一つだけ買ってもいいですか？

hi.to.tsu.da.ke./ka.tte.mo.i.i.de.su.ka.

可以只買一個嗎？

❶ 基本用語
❷ 飛機
❸ 機場
❹ 交通
❺ 住宿
❻ 飲食
❼ 觀光
❽ 購物
❾ 非常情況

🎵 079

例 注文お願いします。

chu.u.mo.n.o./ne.ga.i.shi.ma.su.

我要點餐。

🎵 080

例 定食にします。

te.i.sho.ku.ni./shi.ma.su.

要一份定食。

例 これは何ですか？

ko.re.wa./na.n.de.su.ka.

這是甚麼？

例 これは旬の食材を使った料理です。

ko.re.wa./shu.n.no.sho.ku.za.i.o./tsu.ka.tta.ryo.u.ri.de.su.

這是當令食材做的餐點。

例 玉子焼きはなんですか？

ta.ma.go.ya.ki.wa./na.n.de.su.ka.

請問甚麼是玉子燒。

例 旬の食材しか使用しません。

shu.n.no.sho.ku.za.i.shi.ka./shi.yo.u.shi.ma.se.n.

我們只用當令食材。

例 3番のセットをください。

sa.n.ba.n.no.se.tto.o./ku.da.sa.i.

我要3號餐。

例 3番セットの飲み物はコーヒーに換えられますか？

sa.n.ba.n.se.tto.no.no./mi.mo.no.wa./ko.o.hi.i.
ni./ka.e.ra.re.ma.su.ka.

3號餐點的飲料可以換成咖啡嗎？

例 この写真の料理を食べたいです。

ko.no.sha.shi.n.no./ryo.u.ri.o./ta.be.ta.i.de.su.

我想吃這個圖片的餐點。

例 あれと同じ料理をください。

a.re.to./o.na.ji.ryo.u.ri.o./ku.da.sa.i.

請給我和那個一樣的餐點。

例 あの人と同じ料理をください。

a.no.hi.to.to./o.na.ji.ryo.u.ri.o./ku.da.sa.i.

我想吃和那個人一樣的餐點。

例 うなぎの蒲焼を一人前ください。

u.na.gi.no.ka.ba.ya.ki.o./i.chi.ni.n.ma.e.ku.da.
sa.i.

我想吃蒲燒鰻魚。

例 豚骨ラーメンをください。

to.n.ko.tsu./ra.a.me.no./ku.da.sa.i.

我要吃豚骨拉麵。

例 一人前ください。

i.chi.ni.n.ma.e./ku.da.sa.i.

我要一人份餐點。

例 餃子を一人前ください。

gyo.u.za.o./i.chi.ni.n.ma.e.ku.da.sa.i.

請給我一份煎餃。

例 ビールを一本ください。

bi.i.ru.o./i.ppo.n.ku.da.sa.i.

請給我一瓶啤酒。

例 コーヒーはおかわり出来ますか？

ko.o.hi.i.wa./o.ka.wa.ri.de.ki.ma.su.ka.

可以續杯嗎？

例 替玉ください。

ka.e.da.ma.ku.da.sa.i.

我要加麵。

例 ご飯おかわりください。

go.ha.n./o.ka.wa.ri.ku.da.sa.i.

我還要一碗飯。

例 親子丼を追加します。

o.ya.ko.do.n.o./tsu.i.ka.shi.ma.su.

我想加點親子丼。

例 キャベツをたくさんください。

kya.be.tsu.o./ta.ku.sa.n.ku.da.sa.i.

請給我很多高麗菜。

一 基本用語

二 飛機

三 機場

四 交通

五 住宿

六 飲食

七 觀光

八 購物

九 非常情況

181

例 ケチャップをください。

ke.cha.ppu.o./ku.da.sa.i.

請給我番茄醬。

例 トマトは無しでお願いします。

to.ma.to.wa./na.shi.de./o.ne.ga.i.shi.ma.su.

請不要加番茄。

例 ハンバーガーのセットをお願いします。

ha.n.ba.a.ga.a.no./se.tto.o./o.ne.ga.i.shi.ma.su.

請給我漢堡套餐。

例 チーズバーガーを２つください。

chi.i.zu.ba.a.ga.a.o./fu.ta.tsu.ku.da.sa.i.

請給我2個起司漢堡。

例 注文した料理がまだ来ていません。

chu.u.mo.n.shi.ta./ryo.u.ri.ga./ma.da.ki.te.i.ma.se.n.

點的餐點還沒來。

例 番号札を持ってお待ちください。

ba.n.go.u.fu.da.o./mo.tte./o.ma.chi.ku.da.sa.i.

請拿號碼牌稍等一下。

例 番号を呼ぶまでお待ちください。

ba.n.go.u.o./yo.bu.ma.de./o.ma.chi.ku.da.sa.i.

叫到號碼前請稍等一下。

1 基本用語
2 飛機
3 機場
4 交通
5 住宿
6 飲食
7 觀光
8 購物
9 非常情況

🔊 MP3 081

例 2番の方、お待たせいたししました。

ni.ba.n.no.ka.ta./o.ma.ta.se.i.ta.shi.shi.ma.shi.ta.

2號客人久等了。

例 3番の方、ご注文を取りに来てください。

sa.n.ba.n.no.ka.ta./go.chu.u.mo.n.o./to.ri.ni.ki.te.ku.da.sa.i.

請3號客人來取餐。

🔊 MP3 082

例 ラストオーダーは8時です。

ra.su.to.o.o.da.a.wa./ha.chi.ji.de.su.

最後出餐時間是8點。

例 人形焼は一日100個限定です。

ni.n.gyo.u.ya.ki.wa./i.chi.ni.chi./hya.k.ko.ge.n.te.i.de.su.

人形燒1天限量100個。

例 飲み物は食前にしますか？

no.mi.mo.no.wa./sho.ku.ze.n.ni./shi.ma.su.ka.

飲料要餐前上嗎？

例 飲み物は食後にお願いします。

no.mi.mo.no.wa./sho.ku.go.ni./o.ne.ga.i.shi.ma.su.

飲料請餐後上。

例 一番食べたい料理はなんですか？

i.chi.ba.n.ta.be.ta.i.ryo.u.ri.wa./na.n.de.su.ka.

最想吃什麼料理？

★外帶

會・話

A 残った料理を持ち帰りにしてもらえませんか？

no.ko.tta.ryo.u.ri.o./mo.chi.ka.e.ri.ni./shi.te.mo.ra.e.ma.se.n.ka.

可以把吃剩的打包帶回嗎？

B はい、少々お待ちください。

ha.i./sho.u.sho.u./o.ma.chi.ku.da.sa.i.

好的，請稍等。

例・句

例 持ち帰りできますか？

mo.chi.ka.e.ri./de.ki.ma.su.ka.

可以外帶嗎？

例 持ち帰りしたいです。

mo.chi.ka.e.ri./shi.ta.i.de.su.

我想外帶。

例 持ち帰りにしてください。

mo.chi.ka.e.ri.ni./shi.te.ku.da.sa.i.

請幫我打包。

MP3 082

例 お持ち帰りは不可です。

o.mo.chi.ka.e.ri.wa./fu.ka.de.su.

我們不提供打包服務。

MP3 083

例 このケーキを持ち帰ったら、すぐ冷蔵庫に入れてください。

ko.no.ke.e.ki.o./mo.shi.ka.e.tta.ra./su.gu./re.i.zo.u.ko.ni./i.re.te.ku.da.sa.i.

這個蛋糕買回，請盡快放進冰箱。

例 今日食べない場合、冷蔵庫に入れてください。

kyo.u./ta.be.na.i.ba.a.i./re.i.zo.u.ko.ni.i.re.te.ku.da.sa.i.

今天不吃的話請放冰箱。

例 残った料理を包んでください。

no.ko.tta.ryo.u.ri.o./tsu.tsu.n.de.ku.da.sa.i.

請幫我打包剩菜。

例 注文は何になさいますか？

chu.u.mo.n.wa./na.ni.ni./na.sa.i.ma.su.ka.

請問要點什麼？

例 お弁当一つ持ち帰ります。

o.be.n.to.u.hi.to.tsu./mo.chi.ka.e.ri.ma.su.

外帶一個便當。

1 基本用語
2 飛機
3 機場
4 交通
5 住宿
6 飲食
7 觀光
8 購物
9 非常情況

例 持ち帰りにしますか？

mo.chi.ka.e.ri.ni./shi.ma.su.ka.

要外帶嗎？

例 衛生面を考えると、持ち帰らないほう
がいいです。

e.i.se.i.me.n.o./ka.n.ga.e.ru.to./mo.chi.ka.e.ra.
na.i.ho.u.ga./i.i.de.su.

考慮新鮮度，不要打包比較好。

例 食べ切れません。

ta.be.ki.re.ma.se.n.

吃不完。

例 多すぎます。

o.o.su.gi.ma.su.

吃太多。

例 お腹もういっぱいだ。

o.na.ka.mo.u./i.ppa.i.da.

肚子很撐了。

例 もういっぱい食べました。

mo.u./i.ppa.i./ta.be.ma.shi.ta.

已經吃很多了。

例 これ以上もう無理だ！

ko.re.i.jo.u./mo.u.mu.ri.da.

已經吃不下了。

① 基本用語
② 飛機
③ 機場
④ 交通
⑤ 住宿
⑥ 飲食
⑦ 觀光
⑧ 購物
⑨ 非常情況

🎵 083

⑩ 捨てると、ちょっともったいないんです。

su.te.ru.to./cho.tto./mo.tta.i.na.i.n.de.su.

丟掉的話，有點浪費。

⑩ 食中毒の恐れがあります。

sho.ku.chu.u.do.ku.no./o.so.re.ga./a.ri.ma.su.

怕會食物中毒。

🎵 084

⑩ 断ります。

ko.to.wa.ri.ma.su.

不行。

⑩ お持ち帰りはご遠慮ください。

o.mo.chi.ka.e.ri.wa./go.e.n.ryo./ku.da.sa.i.

請勿將剩餘食物打包帶走。

⑩ 残した料理を持ち帰りたいです。

no.ko.shi.ta./ryo.u.ri.o./mo.chi.ka.e.ri.ta.i.de.su.

我想打包剩下的料理。

⑩ 残った料理を持ち帰りたいです。

no.ko.tta.ryo.u.ri.o./mo.chi.ka.e.ri.ta.i.de.su.

我想打包剩下的料理。

★外送

會・話

A 出前_{でまえ}を頼_{たの}みたいんです。

de.ma.e.o./ta.no.mi.ta.i.n.de.su.

我想叫外送。

B はい、住所_{じゅうしょ}はどこですか？

ha.i./ju.u.sho.wa./do.ko.de.su.ka.

好的，請告訴我地址？

例・句

例 最低配達金額_{さいていはいたつきんがく}はいくらですか？

sa.i.te.i.ha.i.ta.tsu.ki.n.ga.ku.wa./i.ku.ra.de.su.ka.

最低外送金額多少？

例 配達_{はいたつ}エリアはどこまでですか？

ha.i.ta.tsu.e.ri.a.wa./do.ko.ma.de.de.su.ka.

外送區域是哪裡？

例 何時以降_{なんじいこう}は深夜配達_{しんやはいたつ}ですか？

na.n.ji.i.ko.u.wa./shi.n.ya.ha.i.ta.tsu.de.su.ka.

幾點以後是深夜外送？

例 当日_{とうじつ}の配達注文_{はいたつちゅうもん}を受_うけ付_つけていますか？

to.u.ji.tsu.no.ha.i.ta.tsu.chu.u.mo.n.o./u.ke.tsu.ke. ma.su.ka.

接受當天的外送嗎？

🔊 085

例 配達手数料はありますか？
はいたつてすうりょう

ha.i.ta.tsu./te.su.u.ryo.u.wa./a.ri.ma.su.ka.

有外送費嗎？

例 お飲み物は付けますか？
の   もの   つ

o.no.mi.mo.no.wa./tsu.ke.ma.su.ka.

有附飲料嗎？

例 メニューを一枚付けてください。
いちまいつ

me.nyu.u.o./i.chi.ma.i.tsu.ke.te.ku.da.sa.i.

請附一張菜單。

例 配達時間は何時から何時までですか？
はいたつじかん   なんじ   なんじ

ha.i.ta.tsu.ji.ka.n.wa./na.n.ji.ka.ra./na.n.ji.ma.
de.de.su.ka.

外送時間是幾點到幾點？

例 注文した後、どれぐらいで着きますか？
ちゅうもん   あと   つ

chu.u.mo.n.shi.ta.a.to./do.re.gu.ra.i.de./tsu.ki.
ma.su.ka.

點餐後，多久會送到？

例 最低配達金額は一万円です。
さいていはいたつきんがく   いちまんえん

sa.i.te.i.ha.i.ta.tsu.ki.n.ga.ku.wa./i.chi.ma.n.e.n.
de.su.

最低外送金額1萬日幣。

例 五つ以上で配達可能です。
いつ   いじょう   はいたつかのう

i.tsu.tsu.i.jo.u.de./ha.i.ta.tsu.ka.no.u.de.su.

5個以上才可外送。

1 基本用語
2 飛機
3 機場
4 交通
5 住宿
6 飲食
7 觀光
8 購物
9 非常情況

🔊 085

例 お箸、お絞り、取り皿も付いています。

o.ha.shi./o.shi.bo.ri./to.ri.za.ra.mo./tsu.i.te.i.ma.su.

會附筷子、濕巾、及餐盤。

例 配達料金はないです。

ha.i.ta.tsu.ryo.u.ki.n.wa./na.i.de.su.

不需外送費。

例 届ける時、配達員にお支払いください。

to.do.ke.ru.to.ki./ha.i.ta.tsu.i.n.ni./o.shi.ha.ra.i.
ku.da.sa.i.

送到時，請付款給外送人員。

例 配達エリアによって、最低消費金額が
異なります。

ha.i.ta.tsu.e.ri.a.ni./yo.tte./sa.i.te.i.sho.u.hi.ki.n.
ga./ku.ga.ko.to.na.ri.ma.su.

依外送地區接單金額不同。

例 深夜料金はないです。

shi.n.ya.ryo.u.ki.n.wa./na.i.de.su.

沒有深夜外送金額。

例 使い捨て容器の代金はないです。

tsu.ka.i.su.te./yo.u.ki.no.da.i.ki.n.wa./na.i.de.su.

回收餐具不需要費用。

例 2000円以上はお茶一本サービス。

ni.se.n.e.n.i.jo.u.wa./o.cha.i.ppo.n.sa.a.bi.su.

2千元以上送一瓶茶。

例 3000円以上のご注文で200円引き。

sa.n.ze.n.e.n.i.jo.u.no./go.chu.u.mo.n.de./ni.hya.ku.e.n.bi.ki.

3千元以上的訂單優惠200元

例 早朝配達可能です。

so.u.cho.u.ha.i.ta.tsu.ka.no.u.de.su.

可以早上外送。

例 ご住所は？

go.ju.u.sho.wa.

請問地址？

例 ここは大阪ホテルです。

ko.ko.wa./o.o.sa.ka.ho.te.ru.de.su.

我這邊的地址是

例 東京ホテルまで送ってください。

to.u.kyo.u.ho.te.ru.ma.de./o.ku.tte.ku.da.sa.i.

請送到東京飯店。

例 京都ホテルまで出前をしていただけませんか？

kyo.u.to.ho.te.ru.ma.de./de.ma.e.o./shi.te.i.ta.da.ke.ma.se.n.ka.

我在京都飯店，可以外送嗎？

① 基本用語
② 飛機
③ 機場
④ 交通
⑤ 住宿
⑥ 飲食
⑦ 觀光
⑧ 購物
⑨ 非常情況

★餐廳

·會·話·

Ⓐ お飲み物はいかがですか？

o.no.mi.mo.no.wa./i.ka.ga.de.su.ka.

要點飲料嗎？

Ⓑ お勧めのワインはありますか？

o.su.su.me.no.wa.i.n.wa./a.ri.ma.su.ka.

有建議的紅酒嗎？

·例·句·

例 どこか美味しい日本料理はあります
か？

do.ko.ka./o.i.shi.i./ni.ho.n.ryo.u.ri.wa./a.ri.ma.
su.ka.

哪裡有好吃的日本料理？

例 どこか本場の中華料理はありますか？

do.ko.ka./ho.n.ba.no.chu.u.ka.ryo.u.ri.wa./a.ri.
ma.su.ka.

哪裡有道地的中華料理？

例 立食蕎麦屋はどこですか？

ta.chi.gu.i.so.ba.ya.wa./do.ko.de.su.ka.

哪裡有站著吃的拉麵店？

MP3 086

例 予約が必要ですか？

yo.ya.ku.ga./hi.tsu.yo.u.de.su.ka.

請問需要預約嗎？

MP3 087

例 食べ物持込は禁止です。

ta.be.mo.no./mo.chi.ko.mi.wa./ki.n.shi.de.su.

不可以帶外食。

例 十五分後、席が空くかもしれません。

ju.u.go.fu.n.go./se.ki.ga./a.ku./ka.mo.shi.re.ma.
se.n.

15分鐘後，可能會有空位。

例 禁煙席をお願いします。

ki.n.e.n.se.ki.o./o.ne.ga.i.shi.ma.su.

請給我不抽菸的位子。

例 あのパスタレストランは今女性に
大人気だ。

a.no./pa.su.ta.re.su.to.ra.n.wa./i.ma.jo.se.i.ni./
da.i.ni.n.ki.

這家義大利麵餐廳很受女性歡迎。

例 その店のラーメンは日本全国第一です。

so.no.mi.se.no./ra.a.me.n.wa./ni.ho.n.ze.n.ko.
ku.da.i.chi.de.su.

這家的拉麵是全國第一。

1 基本用語 2 飛機 3 機場 4 交通 5 住宿 6 飲食 7 觀光 8 購物 9 非常情況

例 このレストランのスパゲッティは雑誌に紹介されました。

ko.no./re.su.to.ra.n.no./su.ba.ge.tti.wa./za.sshi.ni./sho.u.ka.i.sa.re.ma.shi.ta.

雜誌曾介紹過這家餐廳的義大利麵。

例 食べ放題の店はどこにありますか？

ta.be.ho.u.da.i.no./mi.se.wa./do.ko.ni./a.ri.ma.su.ka.

哪裡有吃到飽的餐廳。

例 行列が出来ている店は必ず美味しいです。

gyo.u.re.tsu.ga./de.ki.te.i.ru.mi.se.wa./ka.na.ra.zu.o.i.shi.i.de.su.

有排隊的店一定很好吃。

例 どのくらい待てばいいですか？

do.no.ku.ra.i./ma.te.ba./i.i.de.su.ka.

要等多久就有位子？

例 今、席はないです。

i.ma./se.ki.wa./na.i.de.su.

現在都客滿了。

例 ボックス席はありますか？

bo.kku.su.se.ki.wa./a.ri.ma.su.ka.

有包廂嗎？

例 この店はもう30 年です。

ko.no.mi.se.wa./mo.u.sa.n.ju.u.ne.n.de.su.

這家店已經30年了。

例 ラストオーダーは何時ですか？

ra.su.to.o.o.da.a.wa./na.n.ji.de.su.ka.

最後點餐時間是幾點？

例 何時に予約できますか？

na.n.ji.ni./yo.ya.ku.de.ki.ma.su.ka.

可以訂幾點的位子？

088

例 この店は季節により旬の料理を作っています。

ko.no.mi.se.wa./ki.se.tsu.ni.yo.ri./shu.n.no.ryo.u.ri.o./tsu.ku.tte.i.ma.su.

這家店隨季節做當令的料理。

例 夕食の時間は何時からですか？

yu.u.sho.ku.no./ji.ka.n.wa./na.n.ji.ka.ra.de.su.ka.

晚餐是幾點開始？

例 飲み放題ですか？

no.mi.ho.u.da.i.de.su.ka.

可以無限暢飲嗎？

① 基本用語
② 飛機
③ 機場
④ 交通
⑤ 住宿
⑥ 飲食
⑦ 觀光
⑧ 購物
⑨ 非常情況

★口味

會・話

Ⓐ 激辛ラーメンはどうですか？

ge.ki.ka.ra.ra.a.me.n.wa./do.u.de.su.ka.

要吃超辣拉麵嗎？

Ⓑ 激辛ラーメンはちょっと。

ge.ki.ka.ra.ra.a.me.n.wa./cho.tto.

我不太想吃。

例・句

例 酸っぱいです。

su.ppa.i.de.su.

酸的。

例 辛いです。

ka.ra.i.de.su.

辣的。

例 うまいです。

u.ma.i.de.su.

好吃。

例 美味しいです。

o.i.shi.i.de.su.

好吃。

例 美味しくないです。
o.i.shi.ku.na.i.de.su.
不好吃。

例 苦いです。
ni.ga.i.de.su.
苦的。

例 いい匂いですね。
i.i.ni.o.i.de.su.
很香。

例 納豆の匂いはちょっと。
na.tto.no.ni.o.i.wa./cho.tto.
納豆的味道，有點不能接受。

例 この饅頭は肉汁がたっぷり溢れています。
ko.no.ma.n.ju.u.wa./ni.ku.ju.u.ga./ta.ppu.ri./a.fu.re.te.i.ma.su.
這個肉包很多汁。

例 夏に冷たい蕎麦を食べたら、最高だ。
na.tsu.ni./tsu.me.ta.i.so.ba.o./ta.be.ta.ra./sa.i.ko.u.da.
夏天吃冷麵最棒了。

1 基本用語
2 飛機
3 機場
4 交通
5 住宿
6 飲食
7 觀光
8 購物
9 非常情況

例 コロッケは小さくても満腹感があります。

ko.ro.kke.wa./chi.i.sa.ku.te.mo./ma.n.pu.ku.ka.n.ga./a.ri.ma.su.

可樂餅雖小但很有飽足感。

例 たこ焼きはとても熱くて、すぐ食べられません。

ta.ko.ya.ki.wa./to.te.mo.a.tsu.ku.te./su.gu./ta.be.ra.re.ma.se.n.

章魚燒太燙沒辦法馬上吃。

例 私は海鮮アレルギーなんです。

wa.ta.shi.wa./ka.i.se.n.a.re.ru.gi.i.na.n.de.su.

我對海鮮過敏。

例 刺身を食べられません。

sa.shi.mi.o./ta.be.ra.re.ma.se.n.

我不敢吃生魚片。

例 牛肉を食べません。

gyu.u.ni.ku.o./ta.be.ma.se.n.

我不吃牛肉。

例 山葵を入れないでください。

wa.sa.bi.o./i.re.na.i.de./ku.da.sa.i.

請不要加芥末。

1 基本用語
2 飛機
3 機場
4 交通
5 住宿
6 飲食
7 觀光
8 購物
9 非常情況

🔊 089

例 お酒が弱いです。

o.sa.ke.ga./yo.wa.i.de.su.

我不太能喝酒。

例 お酒を飲みません。

o.sa.ke.o./no.mi.ma.se.n.

我不喝酒。

例 味は甘くし過ぎないでください。

a.ji.wa./a.ma.ku.shi.su.gi.na.i.de./ku.da.sa.i.

口味不要太甜。

  🔊 090

例 少ししょっぱいです。

su.ko.shi./sho.ppa.i.de.su.

有點鹹。

例 味がちょっと薄いです。

a.ji.ga./cho.tto./u.su.i.de.su.

口味有點淡。

例 さっぱりした料理が好きです。

sa.ppa.ri.shi.ta./ryo.u.ri.ga./su.ki.de.su.

喜歡清淡的料理。

例 チョコレートのアイスクリームをください。

cho.ko.re.e.to.no//a.i.su.ku.ri.i.mu.o./ku.da.sa.i.

我要巧克力冰淇淋。

🎧 090

例 イチゴ味をください。

i.chi.go.a.ji.o./ku.da.sa.i.

我要草莓口味的。

例 油っぽい。

a.bu.ra.ppo.i.

很油膩。

例 コーヒーを飲むと、動悸がします。

ko.o.hi.i.o./no.mu.to./do.u.ki.ga./shi.ma.su.

喝咖啡會心悸。

例 夜コーヒーを飲むと、眠れないです。

yo.ru./ko.o.hi.i.o./no.mu.to./ne.mu.re.na.i.de.su.

晚上喝咖啡會睡不著。

例 カレーにりんごを入れると、自然な甘みが出ます。

ka.re.e.ni./ri.n.go.o./i.re.ru.to./shi.ze.n.na./a.ma.mi.ga./de.ma.su.

咖哩放蘋果會有自然的甜味。

例 苦手な食べ物はありますか？

ni.ga.te.na./ta.be.mo.no.wa./a.ri.ma.su.ka.

有不吃的食物嗎？

例 納豆はやはり苦手です。

na.tto.u.wa./ya.ha.ri./ni.ga.te.de.su.

納豆還是沒辦法。

① 基本用語
② 飛機
③ 機場
④ 交通
⑤ 住宿
⑥ 飲食
⑦ 觀光
⑧ 購物
⑨ 非常情況

例 納豆は大丈夫ですか？
na.tto.u.wa./da.i.jo.u.bu.de.su.ka.
納豆ok嗎？

例 はい、意外に美味しいと思います。
ha.i./i.ga.i.ni./o.i.shi.i./to.o.mo.i.ma.su.
可以啊！意外的覺得好吃。

MP3 091

★結帳

會・話

Ⓐ 別でサービス料が必要ですか？

be.tsu.de./sa.a.bi.su.ryo.u.ga./hi.tsu.yo.u.de.su.
ka.

要加服務費嗎？

Ⓑ はい、1割です。

ha.i./i.chi.wa.ri.de.su.

有的，10%。

例・句

例 お勘定お願いします。

o.ka.n.jo.u.o.ne.ga.i.shi.ma.su.

請幫我結帳。

例 そろそろ閉店時間なので、お勘定いた
だけませんか？

so.ro.so.ro./he.i.te.n.ji.ka.n.na.no.de./o.ka.n.jo.
u./i.ta.da.ke.ma.se.n.ka.

外到休店時間，可以先結帳嗎？

例 全部でいくらですか？

ze.n.bu.de./i.ku.ra.de.su.ka.

總共多少錢？

🔊 091

例 計算間違いしているようです。

ke.i.sa.n.ma.chi.ga.i./shi.te.i.ru.yo.u.de.su.

好像算錯了。

例 おつりを間違っているようです。

o.tsu.ri.o./ma.chi.ga.tte.i.ru./yo.u.de.su.

好像找錯錢了。

例 領収書をいただけますか？

ryo.u.shu.u.sho.o./i.ta.da.ke.ma.su.ka.

可以給我收據嗎？

例 トラベラーズチェックで支払ってもいいですか？

to.ra.be.ra.a.zu.che.kku.de./shi.ha.ra.tte.mo./i.i.
de.su.ka.

可以用旅行支票付款嗎？

1 基本用語
2 飛機
3 機場
4 交通
5 住宿
6 飲食
7 觀光
8 購物
9 非常情況

★水果名稱

ぶどう 葡萄	bu.do.u.
いちご 草莓	i.chi.go.
チェリー 櫻桃	che.ri.i.
なし 水梨	na.shi.
メロン 哈密瓜	me.ro.n.
マンゴ 芒果	ma.n.go.
すいか 西瓜	su.i.ka.
もも 水蜜桃	mo.mo.
バナナ 香蕉	ba.na.na.
かき 柿子	ka.ki.

りんご 蘋果	ri.n.go.
パイナップル 鳳梨	pa.i.na.ppu.ru.
みかん 橘子	mi.ka.n.
オレンジ 橙	o.re.n.ji.
トマト 番茄	to.ma.to.
ドリアン 榴蓮	do.ri.a.n.
ココナッツ 椰子	ko.ko.na.ttsu.
パパイヤ 木瓜	pa.pa.i.ya.
グァバ 芭樂	gu.a.ba.
栗^{くり} 栗子	ku.ri.

❶ 基本用語
❷ 飛機
❸ 機場
❹ 交通
❺ 住宿
❻ 飲食
❼ 觀光
❽ 購物
❾ 非常情況

★飲料名稱

コーラ 可樂	ko.o.ra.
ソーダ 汽水	so.u.da.
カプチーノ 卡布奇諾	ka.pu.chi.i.no.
ラッテ 拿鐵	ra.tte.
さけ 燒酒	sa.ke.
お湯 熱開水	o.yu.
レモンジュース 檸檬汁	re.mo.n.ju.u.su.
ミルク 牛奶	mi.ru.ku.
コーチャー 紅茶	ko.o.cha.a.
グリーンティー 綠茶	gu.ri.i.n.ti.i.

エスプレッソ 濃縮咖啡	e.su.pu.re.sso.
ブラックコーヒー 黑咖啡	bu.ra.kku.ko.o.hi.i.
モカ 摩卡咖啡	mo.ka.
ホットココア 熱可可	ho.tto.ko.ko.a.
玄米茶^{げんまいちゃ} 玄米茶	ge.n.ma.i.cha.
ウーロン茶^{ちゃ} 烏龍茶	u.u.ro.n.cha.
抹茶^{まっちゃ} 抹茶	ma.ccha.
ワイン 紅酒	wa.i.n.
シャンパン 香檳	sha.n.pa.n.
カクテル 雞尾酒	ka.ku.te.ru.

❶ 基本用語
❷ 飛機
❸ 機場
❹ 交通
❺ 住宿
❻ 飲食
❼ 觀光
❽ 購物
❾ 非常情況

★餐點名稱

オムライス 蛋包飯	o.mu.ra.i.su.
焼きそば 炒麵	ya.ki.so.ba.
チャーハン 炒飯	cha.a.ha.n.
すき焼き 壽喜燒	su.ki.ya.ki.
うどん 烏龍麵	u.do.n.
茶碗蒸し 茶碗蒸	cha.wa.n.mu.shi.
ステーキ 牛排	su.te.e.ki.
サンドイッチ 三明治	sa.n.do.i.cchi.
フライチッキン 炸雞	fu.ra.i.chi.kki.n.
焼き鳥 串燒	ya.ki.to.ri.

ちらし寿司 散壽司	chi.ra.shi.zu.shi.
にぎり寿司 握壽司	ni.gi.ri.zu.shi.
花寿司 花巻壽司	ha.na.zu.shi.
ソフトシェルクラブ 軟殼蟹	so.fu.to.she.ru.ku.ra.bu.
タラバガニ 鱈場蟹	ta.ra.ba.ga.ni.
天ぷら 炸天婦羅	te.n.pu.ra.
おでん 關東煮	o.de.n.
牛丼 牛肉蓋飯	gyu.u.do.n.
カツ丼 豬排飯	ka.tsu.do.n.
みそ汁 味噌湯	mi.so.shi.ru.

1 基本用語
2 飛機
3 機場
4 交通
5 住宿
6 飲食
7 觀光
8 購物
9 非常情況

PART 7

観光

渋谷　　　　　銀座

汐留　　月島

芝浦　　東京タワー　　晴海　　豊洲

目黒　　　　　レインボー　　東雲

港南　　ブリッジ　　有明　　東京ビックサイ

天王洲　　フジテレビ

お台場　　青海

品川

大井

MP3 095

★遊樂園

會話

A 開園時間は何時ですか？

ka.i.e.n.ji.ka.n.wa./na.n.ji.de.su.ka.

開園時間是幾點？

B 営業時間は朝8時から午後5時までです。

e.i.gyo.u.ji.ka.n.wa./a.sa.ha.chi.ji.ka.ra./go.go.go.ji.ma.de.de.su.

營業時間是早上8點到下午5點。

例句

例 大人一枚を下さい。

o.to.na./i.chi.ma.i.o./ku.da.sa.i.

請給我一張全票。

例 観覧車は一周何分ですか？

ka.n.ra.n.sha.wa./i.sshu.u.na.n.pu.n.de.su.ka.

摩天輪一趟要多久時間？

例 観覧車の料金はいくらですか？

ka.n.ra.n.sha.no.ryo.u.ki.n.wa./i.ku.ra.de.su.ka.

坐一次摩天輪要多少錢？

例 動物に餌をやらないでください。

do.u.bu.tsu.ni./e.sa.o./ya.ra.na.i.de.ku.da.sa.i.

請勿餵食動物。

例 トイレはどこですか？

to.i.re.wa./do.ko.de.su.ka.

請問廁所在哪裡？

例 切符売場に遊園案内書があります。

ki.ppu.u.ri.ba.ni./yu.u.e.n.a.n.na.i.sho.ga./a.ri.ma.su.

售票口有遊園手冊。

例 中国語のパンプレットはありますか？

chu.u.go.ku.go.no./pa.n.pu.re.tto.wa./a.ri.ma.su.ka.

請問有中文的導覽手冊嗎？

例 遊園カートがありますか？

yu.u.e.n.ka.a.to.ga./a.ri.ma.su.ka.

請問有遊園車嗎？

例 窓口で並びたくないなら、インターネットで買っておいたほうがいいです。

ma.do.gu.chi.de./na.ra.bi.ta.ku.na.i.na.ra./i.n.ta.a.ne.tto.de./ka.tte.o.i.ta.ho.u.ga.i.i.de.su.

不想排隊買票的話，可以在網路上先買好。

例 インターネット で パークチケットを
予約しました。

i.n.ta.a.ne.tto.de./pa.a.ku.chi.kke.to.o./yo.ya.ku.
shi.ma.shi.ta.

可以在網路上先訂入園票。

例 閉園二時間前でも入園できますか？

he.i.e.n./ni.ji.ka.n.ma.e.de.mo./nyu.u.e.n.de.ki.
ma.su.ka.

休園時間前2個小時還可以進場。

例 遊園地の地図はありますか？

yu.u.e.n.chi.no.chi.zu.wa./a.ri.ma.su.ka.

有遊園地圖嗎？

例 ここは遊園地でどの位置ですか？

ko.ko.wa./yu.u.e.n.chi.de./do.no.i.chi.de.su.ka.

這裡是遊樂園的哪裡？

例 オンライン予約のチケットを変更でき
ますが、手数料をいただく場合があり
ます。

o.n.ra.i.n.yo.ya.ku.no./chi.ke.tto.o./he.n.ko.u.de.
ki.ma.su.ga./te.su.u.ryo.u.o./i.ta.da.ku.ba.a.i.ga./
a.ri.ma.su.

可以變更網路預約票但是可能會要手續費。

① 基本用語
② 飛機
③ 機場
④ 交通
⑤ 住宿
⑥ 飲食
⑦ 觀光
⑧ 購物
⑨ 非常情況

例 パレードは何時からですか？

pa.re.e.do.wa./na.n.ji.ka.ra.de.su.ka.

遊行幾點開始？

例 パレードはどこから始まりますか？

pa.re.e.do.wa./do.ko.ka.ra./ha.ji.ma.ri.ma.su.ka.

遊行從哪裡開始？

例 パレードは何分くらいですか？

pa.re.e.do.wa./na.n.pu.n.ku.ra.i.de.su.ka.

遊行時間大概幾分鐘？

例 どこでパレードが見えますか？

do.ko.de./pa.re.e.do.ga./mi.e.ma.su.ka.

哪裡看得到遊行？

例 最終入園は閉園の一時間前までです。

sa.i.shu.u.nyu.u.e.n.wa./he.i.e.n.no./i.chi.ji.ka.n.
ma.e.ma.de.de.su.

最後入園時間是閉園前一小時。

例 月曜日は定休です。

ge.tsu.yo.u.bi.wa./te.i.kyu.u.de.su.

週一公休。

★滑雪

・會・話・

Ⓐ スキーはできないんですが。

su.ki.i.wa./de.ki.na.n.de.su.ga.

我不會滑雪。

Ⓑ 心配（しんぱい）しないで、コーチがいます。

shi.n.ppa.i.shi.na.i.de./ko.o.chi.ga./i.ma.su.ka.

不用擔心有教練。

・例・句・

例 スキー用具（ようぐ）を借（か）りたいです。

su.ki.i.yo.u.gu.o./ka.ri.ta.i.de.su.

我想租借滑雪用具。

例 レンタルスキー用品（ようひん）はウエアとスキーボード、ストックを含（ふく）みます。

re.n.ta.ru.su.ki.i.yo.u.hi.n.wa./u.e.a.to./su.ki.i.bo.o.do./su.to.kku.o./fu.ku.mi.ma.su.

滑雪用具包括雪衣、滑雪板及手杖。

例 まずリフトで山（やま）を登（のぼ）って、スキーで降（お）ります。

ma.zu.ri.fu.to.de./ya.ma.o.no.bo.tte./su.ki.i.de./o.ri.ma.su.

可以先搭纜車上山，再滑雪下來。

1 基本用語
2 飛機
3 機場
4 交通
5 住宿
6 飲食
7 觀光
8 購物
9 非常情況

097

例 コーチは中国語ができますか？

ko.o.chi.wa./chu.u.go.ku.go.ga./de.ki.ma.su.ka.

教練會中文嗎？

例 レンタル料金は貸出時間より4時間以内
なら、3000円です。

re.n.ta.ru.ryo.u.ki.n.wa./ka.shi.da.shi.ji.ka.n.yo.
ri./yo.n.ji.ka.n.i.na.i.na.ra./sa.n.ze.n.e.n.de.su.

租借費從租借時間算4小時3000元日幣。

例 スキー講習はありますか？

su.ki.i.ko.u.shu.u.wa./a.ri.ma.su.ka.

有滑雪教學嗎？

例 無料講習が毎朝9時からあります。

mu.ryo.u.ko.u.shu.u.ga./ma.i.a.sa.ku.ji.ka.ra.a.
ri.ma.su.

每天早上9點有免費講課。

例 英語のコーチはいます。

e.i.go.no./ko.o.chi.wa.i.ma.su.

只有英文教練。

例 初級コースを選んだほうがいいです。

sho.kyu.u.ko.o.su.o./e.ra.n.da.ho.u.ga./i.i.de.su.

選初級路線就好。

🔊 097

例 料金はスキー用具も含まれていますか？

ryo.u.ki.n.wa./su.ki.i.yo.u.gu.mo./fu.ku.ma.re.te./i.ma.su.ka.

金額包含了滑雪用具嗎？

🔊 098

例 この料金表をご参考ください。

ko.no./ryo.u.ki.n.hyo.u.o./go.sa.n.ko.u.ku.da.sa.i.

請參照這張價目表。

例 これは初心者向けのルートです。

ko.re.wa./sho.shi.n.sha.mu.ke.no./ru.u.to.de.su.

這是適合初學者的路線。

例 スキーしたことはないです。

su.ki.i.shi.ta.ko.to.wa./na.i.de.su.

沒滑雪過。

★景點

會・話

Ⓐ 京都の紅葉の時期は何時からですか？

kyo.u.to.no./ko.u.yo.u.no.ji.ki.wa./i.tsu.ka.ra.de.
su.ka.

東京什麼時候開始楓葉變紅？

Ⓑ 多分１１月下旬です。

ta.bu.n.ju.u.i.chi.ga.tsu.ge.ju.n.de.su.

大約11月底。

例・句

例 桜前線とは何ですか？

sa.ku.ra.ze.n.se.n.to.wa./na.n.de.su.ka.

什麼是櫻花前線？

例 紅葉狩りとは何ですか？

mo.mi.ji.ga.ri.to.wa./na.n.de.su.ka.

什麼是紅葉狩？

例 10月にはもう紅葉が見られますか？

ju.u.ga.tsu.ni.wa./mo.u.ko.u.yo.u.ga./mi.ra.re.
ma.su.ka.

10月已經有楓葉了嗎？

1 基本用語
2 飛機
3 機場
4 交通
5 住宿
6 飲食
7 觀光
8 購物
9 非常情況

🎬 098

例 紅葉を見に行きたいです。

ko.u.yo.u.o.ni.ni./i.ki.ta.i.de.su.

想去看楓葉。

🎬 099

例 紅葉が一番きれいなのは何月ですか？

ko.u.yo.u.ga./i.chi.ba.n.ki.re.i.na.no.wa./na.n.ga.tsu.de.su.ka.

楓葉在幾月最美？

例 東大寺は紅葉の名所です。

to.u.da.i.ji.wa./ko.u.yo.u.no.me.i.sho.de.su.

東大寺是賞楓勝地。

例 奈良公園の鹿にせんべいを食べさせたいです。

na.ra.ko.u.e.n.no./shi.ka.ni./se.n.be.i.o./ta.be.sa.se.ta.i.de.su.

想去奈良公園餵鹿吃鹿餅。

例 東大寺の大仏は世界遺産です。

to.u.da.i.ji.no./da.i.bu.tsu.wa./se.ka.i.i.sa.n.de.su.

東大寺大佛是有名的世界遺跡。

例 お花見の名所はどこですか？

o.ha.na.mi.no./me.i.sho.wa./do.ko.de.su.ka.

請問哪裡是有名的賞櫻景點？

🔊 099

例 京都で花見がしたいんですが、きれいなところを教えてください。

kyo.u.to.de./ha.na.mi.ga./shi.ta.i.n.de.su.ga./ki.re.i.na./to.ko.ro.o./o.shi.e.te./ku.da.sa.i.

想去京都賞花，請介紹美麗的景點。

例 夜7時に公園で夜桜を楽しめます。

yo.ru.shi.chi.ji.ni./ko.u.e.n.de./yo.za.ku.ra.o./ta.no.shi.me.ma.su.

晚上7點可以在公園賞夜櫻。

例 一度行ってみるべき花見の名所はどこですか？

i.chi.do./i.tte.mi.ru.be.ki./ha.na.mi.no.me.i.sho.wa./do.ko.de.su.ka.

一定要去看一次的賞櫻勝地是哪裡？

例 きれいな桜を楽しめる場所を教えてください。

ki.re.i.na./sa.ku.ra.o./ta.no.shi.me.ru.ba.sho.o./o.shi.e.te./ku.da.sa.i.

請介紹可以看美麗櫻花的地方。

例 五月なら、桜はもう終わっていますか？

go.ga.tsu.na.ra./sa.ku.ra.wa./mo.u./o.wa.tte.i.ma.su.ka.

5月櫻花就沒了嗎？

🔊 099

例 今年の桜は早く終わりそうです。

ko.to.shi.no./sa.ku.ra.wa./ha.ya.ku.o.wa.ri.so.u.
de.su.

今年櫻花好像比較快凋樹。

例 夜桜はとても綺麗です。

yo.za.ku.ra.wa./to.te.mo.ki.re.i.de.su.

夜櫻非常美麗。

例 雪景色が見たい。

yu.ki.ke.shi.ki.ga./mi.ta.i.

想看雪景。

🔊 100

例 今年、初雪はいつ頃でしょうか？

ko.to.shi./ha.tsu.yu.ki.wa./i.tsu.go.ro.de.sho.u.ka.

今年大約何時會下第一場雪呢？

例 山は真っ白な雪で覆われていました。

ya.ma.wa./ma.sshi.ro.na./yu.ki.de./o.o.wa.re.te./
i.ma.shi.ta.

山脈被白雪覆蓋。

例 海の見えるところを探しています。

u.mi.no./mi.e.ru.to.ko.ro.o./sa.ga.shi.te.i.ma.su.

正在找看得見海的地方。

例 海が見える場所はありますか？

u.mi.ga./mi.e.ru.ba.sho.wa./a.ri.ma.su.ka.

有沒有哪裡看得見海呢？

1 基本用語
2 飛機
3 機場
4 交通
5 住宿
6 飲食
7 觀光
8 購物
9 非常情況

★祭典

會・話

A 最近はどんなお祭りがありますか？

sa.i.ki.n.wa./do.n.na.o.ma.tsu.ri.ga./a.ri.ma.su.ka.

請問最近有甚麼祭典活動嗎？

B 七月が来ると、夏祭りが始まります。

shi.chi.ga.tsu.ga./ku.ru.to./na.tsu.ma.tsu.ri.ga./ha.ji.ma.ri.ma.su.

到了7月夏日祭典將開始。

例・句

例 浴衣はどこで売っていますか？

yu.ka.ta.wa./do.ko.de./u.tte.i.ma.su.ka.

哪裡有賣浴衣？

例 今回の花火大会は約 14 万人参加しました。

ko.n.ka.i.no./ha.na.bi.ta.i.ka.i.wa./ya.ku.ju.u.yo.n.ma.n.ni.n./sa.n.ka.shi.ma.shi.ta.

這次花火節大概有14萬人參加。

例 花火大会で周りのみち渋滞しています。

ha.na.bi.ta.i.ka.i.de./ma.wa.ri.no.mi.chi.ga./ju.u.ta.i.shi.te.i.ma.su.

因為花火節周圍的交通都癱瘓了。

例 天神祭りなので、大阪のホテルは
全部満員です。

ta.n.ji.ma.tsu.ri.na.no.de./o.o.sa.ka.no.ho.te.ru.
wa./ze.n.bu.ma.n.i.n.dc.su.

因為天神祭即將到來，大阪的飯店都客滿了。

例 花火大会が見られるいい場所はどこで
すか？

ha.na.bi.ta.i.ka.i.ga.mi.ra.re.ru./i.i.ba.sho.wa./
do.ko.de.su.ka.

花火節觀賞煙火的好地方是哪裡？

例 花火打上場所の正面は全部有料席で占
められています。

ha.na.bi.u.chi.a.ge.ba.sho.no./sho.u.me.n.wa./ze.
n.bu.yu.u.ryo.u.se.ki.de./shi.me.ra.re.te.i.ma.su.

煙火秀正面的位子都已經被需付費的座位佔滿了。

例 浴衣の着付けとヘアセットは全部で
5000円です。

yu.ka.ta.no.ki.tsu.ke.to./he.a.se.tto.wa./ze.n.bu.
de.go.se.n.e.n.de.su.

穿搭浴衣和髮型設計全部５千元日幣。

例 全国の祭りの日程はどこで調べられま
すか？

ze.n.ko.ku.no./ma.tsu.ri.no.ni.tte.i.wa./do.ko.
de./shi.ra.be.ra.re.ma.su.ka.

哪裡可以查到全國祭典的日程？

❶ 基本用語
❷ 飛機
❸ 機場
❹ 交通
❺ 住宿
❻ 飲食
❼ 觀光
❽ 購物
❾ 非常情況

🔊 101

㉕浴衣レンタルは事前予約したほうがい
いです。

yu.ka.ta.re.n.ta.ru.wa./ji.ze.n.yo.ya.ku.shi.ta.ho.
u.ga./i.i.de.su.

租借浴衣最好要事先預約。

㉕当日の着付けの所要時間は約 30 分で
す。

to.u.ji.tsu.no./ki.tsu.ke.no.sho.yo.u.ji.ka.n.wa./
ya.ku.sa.n.ji.ppu.n.de.su.

當天穿搭需要的時間約30分鐘。

㉕浴衣も下駄も選べます。

yu.ka.ta.mo./ge.ta.mo./e.ra.be.ma.su.

可以選浴衣和木屐。

㉕着付けに何分間掛かりますか？

ki.tsu.ke.ni./na.n.bu.n.ka.n./ka.ka.ri.ma.su.ka.

穿搭需花多久時間？

★神社

●會●話●

Ⓐ どうして参道の中央を歩かないですか？

do.u.shi.te./sa.n.do.u.no.chu.u.o.u.o./a.ru.ka.na.i.de.su.ka.

為什麼不可以走在參道的中間？

Ⓑ それは真ん中は神様の道だと言われているからです。

so.re.wa.ma.n.na.ka.wa./ka.mi.sa.ma.no.mi.chi.da./to.i.wa.re.te.i.ru.ka.ra.de.su.

這是因為有人說中間是神走的路。

●例●句●

例 神社の正しい参拝方法を知っていますか？

ji.n.ja.no./ta.da.shi.i.sa.n.pa.i.ho.u.ho.u.o./shi.tte.i.ma.su.ka.

知道正式參拜神社的方法嗎？

例 鳥居をくぐる時、帽子を脱いだ方がいいですよ。

to.ri.i.o.ku.gu.ru.to.ki./bo.u.shi.o./nu.i.da.ho.u.ga./i.i.de.su.yo.

走過鳥居時，最好要脫帽。

● 基本用語
② 飛機
③ 機場
④ 交通
⑤ 住宿
⑥ 飲食
⑦ 觀光
⑧ 購物
⑨ 非常情況

例 手水舎は身を清める所です。

te.mi.zu.sha.wa./mi.o./ki.yo.me.ru.to.ko.ro.de.su.

手水舍是淨身的地方。

例 手水舎で手を洗って口を漱ぎます。

te.mi.zu.sha.de./te.o./a.ra.tte./ku.chi.o./su.su.gi.
ma.su.

在手水舍洗手和漱口。

例 鈴を鳴らすのは魔除けの意味です。

su.zu.o./na.ra.su.no.wa./ma.yo.ke.no./i.mi.de.su.

搖鈴可以消災解厄。

例 神社へお守りをいただきに参ります。

ji.n.ja.e./o.ma.mo.ri.o./i.ta.da.ki.ni./ma.i.ri.ma.
su.

要去神社求護身符。

例 安産のお守りをいただきたいです。

a.n.za.n.no./o.ma.mo.ri.o./i.ta.da.ki.ta.i.de.su.

想求安產的護身符。

例 これは合格祈願のお守りです。

ko.re.wa./go.u.ka.ku.ki.ga.n.no./o.ma.mo.ri.de.
su.

這是保佑考試順利的護身符。

例 どうやってお御籤を引きますか？

do.u.ya.tte.o.mi.ku.ji.o./hi.ki.ma.su.ka.

請問怎麼求籤？

● 103

例 お願いを書いた紙を木の枝に結びます。

o.ne.ga.i.o./ka.i.ta.ka.mi.o./ki.no.e.da.ni./mu.su.bi.ma.su.

將願望寫在紙上，再綁在樹枝上。

例 入る前に靴を脱いでください。

ha.i.ru.ma.e.ni./ku.tsu.o./nu.i.de.ku.da.sa.i.

入內請脫鞋。

例 神社の由来が知りたいです。

ji.n.ja.no./yu.ra.i.ga./shi.ri.ta.i.de.su.

想知道神社的由來。

例 どんな神様ですか？

do.n.na./ka.mi.sa.ma.de.su.ka.

是什麼樣的神？

1 基本用語
2 飛機
3 機場
4 交通
5 住宿
6 飲食
7 觀光
8 購物
9 非常情況

★導覽

會・話

A 紅葉狩りツアーに参加したいです。

mo.mi.ji.ga.ri./tsu.a.a.ni./sa.n.ka.shi.ta.i.de.su.

想參加賞楓團。

B この申込書を書いてください。

ko.no./mo.u.shi.ko.mi.sho.o./ka.i.te.ku.da.sa.i.

請寫這份申請書。

例・句

例 ガイドがありますか？

ga.i.do.ga./a.ri.ma.su.ka.

請問有導覽嗎？

例 ガイドを頼みたいです。

ga.i.do.o./ta.no.mi.ta.i.de.su.

想找導覽。

例 中国語のガイドがありますか？

chu.u.go.ku.go.no./ga.i.do.ga.a.ri.ma.su.ka.

請問有中文導覽嗎？

例 音声ガイドがありますか？

o.n.se.i.e.ga.i.do.ga./a.ri.ma.su.ka.

請問有語音導覽嗎？

例 ガイド時間は何時からですか？

ga.i.do.ji.ka.n.wa./na.n.ji.ka.ra.de.su.ka.

請問導覽時間是幾點？

例 午後3時に英語のガイドがあります。

go.go.sa.n.ji.ni./e.i.go.no.ga.i.do.ga./a.ri.ma.su.

下午3點有英文導覽。

例 音声ガイド機器を借りてもいいですか？

o.n.se.i.e.ga.i.do.ki.ki.o./ka.ri.te.mo.i.i.de.su.ka.

可以租借語音導覽機。

例 レンタル料金はいくらですか？

re.n.ta.ru.ryo.u.ki.n.wa./i.ku.ra.de.su.ka.

租借費用是多少？

例 ガイドは予約が必要ですか？

ga.i.do.wa./yo.ya.ku.ga./hi.tsu.yo.u.de.su.ka.

導覽需要事先預約嗎？

例 どこに集まりますか？

do.ko.ni./ma.tsu.ma.ri.ma.su.ka.

在哪邊集合？

例 何時に集まりますか？

na.n.ji.ni./a.tsu.ma.ri.ma.su.ka.

幾點集合？

1 基本用語
2 飛機
3 機場
4 交通
5 住宿
6 飲食
7 觀光
8 購物
9 非常情況

例 朝7時にホテル前で集まります。

a.sa.shi.chi.ji.ni./ho.te.ru.ma.e.de./a.tsu.ma.ri.
ma.su.

7點在飯店前集合。

例 切符売り場でガイドを予約できます。

ki.ppu.u.ri.ba.de./ga.i.do.o./yo.ya.ku.de.ki.ma.su.

可在售票口預約導覽。

例 予約できる人数は何名ですか？

yo.ya.ku.de.ki.ru./ni.n.zu.u.wa./na.n.me.i.de.su.ka.

預約名額是幾名？

例 そのツアーはいくらですか？

so.no.tsu.a.a.wa./i.ku.ra.de.su.ka.

這個行程多少錢？

例 ガイドさんを指定してもいいですか？

ga.i.do.sa.n.o./shi.te.i.shi.te.mo.i.i.de.su.ka.

可以指定導遊嗎？

例 中国語が話せるガイドさんがいますか？

chu.u.go.ku.go.ga.ha.na.se.ru./ga.i.do.sa.n.ga./i.
ma.su.ka.

有中文導遊嗎？

例 何名が申し込みしていますか？

na.n.me.i.ga./mo.u.shi.ko.mi.shi.te./i.ma.su.ka.

已經有幾人參加？

例 ツアー路線はどこからどこまでですか？

tsu.a.a.ro.se.n.wa./do.ko.ka.ra./do.ko.ma.de.de.su.ka.

這個觀光行程的路線是從哪到哪？

例 ガイドの予約が必要ですか？

ga.i.do.no./yo.ya.ku.ga./hi.tsu.yo.u.de.su.ka.

導覽需要預約嗎？

例 インターネットでガイドを予約しました。

i.n.ta.a.ne.tto.de./ga.i.do.o./yo.ya.ku.shi.ma.shi.ta.

已經在網路上預約導覽了。

例 ガイドは無料ですか？

ga.i.do.wa./mu.ryo.u.de.su.ka.

導覽免費嗎？

例 博物館のロビーに集まってください。

ha.ku.bu.tsu.ka.n.no./ro.bi.i.ni./a.tsu.ma.tte.ku.da.sa.i.

請在博物館大廳集合。

例 ガイドは一日2回です。

ga.i.do.wa./i.chi.ni.chi.ni.ka.i.de.su.

一天2次導覽。

❶ 基本用語
❷ 飛機
❸ 機場
❹ 交通
❺ 住宿
❻ 飲食
❼ 觀光
❽ 購物
❾ 非常情況

例 午前は英語のガイド、午後は中国語の
ガイドです。

go.ze.n.wa./e.i.go.no.ga.i.do./go.go.wa./chu.u.
go.ku.go.no.ga.i.do.de.su.

上午英文導覽下午中文導覽。

例 中国語のガイドは午後2時からです。

chu.u.go.ku.go.no./ga.i.do.wa./go.go.ni.ji.ka.ra.de.su.

中文導覽下午2點開始。

例 市内見物がしたいです。

shi.na.i.ke.n.bu.tsu.ga./shi.ta.i.de.su.

想去市區觀光。

例 一回りは何時間がかかりますか？

hi.to.ma.wa.ri.wa.na.n.ji.ka.n./ka.ka.ri.ma.su.ka.

逛一圈要多久？

例 ここで見るべき物は何でしょうか？

ko.ko.de./mi.ru.be.ki.mo.no.wa./na.n.de.sho.u.
ka.

這邊應該要參觀的名勝是什麼？

例 無料の市内地図はありますか？

mu.ryo.u.no./shi.na.i.chi.zu.wa./a.ri.ma.su.ka.

有免費的市區地圖嗎？

例 京都グルメはありますか？

kyo.u.to.gu.ru.me.wa./a.ri.ma.su.ka.

有京都的美食地圖嗎？

例 半日の観光ツアーはありますか？

ha.n.ni.chi.no./ka.n.ko.u.tsu.a.a.wa./a.ri.ma.su.
ka.

有半天的觀光行程嗎？

例 このツアーは何時間掛かりますか？

ko.no.tsu.a.a.wa./na.n.ji.ka.n./ka.ka.ri.ma.su.ka.

這個行程要多久？

例 一日ツアーもあります。

i.chi.ni.chi.tsu.a.a.mo./a.ri.ma.su.

也有一天的行程。

例 そのツアーには昼食が付きますか？

so.no.tsu.a.a.ni.wa./chu.u.sho.ku.ga./tsu.ki.ma.
su.ka.

這個行程有附午餐嗎？

例 ツアー料には入館料も含まれます。

tsu.a.a.ryo.u.ni.wa./nyu.u.ka.n.ryo.u.mo./fu.ku.
ma.re.ma.su.

這個行程有包含入場費用嗎？

例 ツアー料金は何が含まれますか？

tsu.a.a.ryo.u.ki.n.wa./na.ni.ga./fu.ku.ma.re.ma.
su.ka.

這個行程費用包含什麼？

① 基本用語
② 飛機
③ 機場
④ 交通
⑤ 住宿
⑥ 飲食
⑦ 觀光
⑧ 購物
⑨ 非常情況

例 ツアーが終わったら、自由に解散して
もいいですか？

tsu.a.a.ga./o.wa.tta.ra./ji.yu.u.ni./ka.i.sa.n.shi.te.
mo.i.i.de.su.ka.

行程結束時可以自由解散嗎？

例 ツアーガイドの経験はどれくらいあり
ますか？

tsu.a.a.ga.i.do.no./ke.i.ke.n.wa./do.re.ku.ra.i./a.
ri.ma.su.ka.

請問擔任導遊有多久的時間？

例 地元の観光ガイドさんはいますか？

ji.mo.to.no./ka.n.ko.u.ga.i.do.sa.n.wa./i.ma.su.
ka.

有當地出身的導遊嗎？

例 現地ガイドさんをお願いしたいです。

ge.n.chi.ga.i.do.sa.n.o./o.ne.ga.i.shi.ta.i.de.su.

想找在地的導遊。

★展覧

・會・話

Ⓐ この博物館は何時の時代の歴史文物が展示されていますか？

ko.no./ha.ku.bu.tsu.ka.n.wa./i.tsu.no.ji.da.i.no.
re.ki.shi.bu.n.bu.tsu.ga./te.n.ji.sa.re.te.i.ma.su.
ka.

這個博物館是展示哪個時代的文物？

Ⓑ 平安時代の物です。

he.i.a.n.ji.da.i.no.mo.no.de.su.

平安時代。

・例・句

例 博物館は月曜日が休館日です。

ha.ku.bu.tsu.ka.n.wa./ge.tsu.yo.u.bi.ga./kyu.u.
ka.n.bi.de.su.

博物館星期一休館。

例 美術館の開放時間は午前10時から午後6時です。

bi.ju.tsu.ka.n.no./ka.i.ho.u.ji.ka.n.wa./go.ze.n.
ju.u.ji.ka.ra./go.go.ro.ku.ji.de.su.

美術館開放時間是上午10點到下午6點。

1 基本用語 2 飛機 3 機場 4 交通 5 住宿 6 飲食 7 觀光 8 購物 9 非常情況

🔊 107

例 美術館は年中無休です。

bi.ju.tsu.ka.n.wa./ne.n.ju.u.mu.kyu.u.de.su.

美術館全年無休。

例 この博物館で一番有名な展示品は何ですか？

ko.no.ha.ku.bu.tsu.ka.n.de./i.chi.ba.n.yu.u.me.i.na./te.n.ji.hi.n.wa./na.n.de.su.ka.

這個博物館最有名的展示品是什麼？

例 この歴史博物館は戦国時代の文物で有名になっています。

ko.no.re.ki.shi.ha.ku.bu.tsu.ka.n.wa./se.n.go.ku.ji.da.i.no.bu.n.bu.tsu.de./yu.u.me.ni./na.tte.i.ma.su.

這個歷史博物館因為展示戰國時代的文物而有名。

例 この美術館で観覧すべき作品は何ですか？

ko.no.bi.ju.tsu.ka.n.de./ka.n.ra.n.su.be.ki.sa.ku.hi.n.wa./na.n.de.su.ka.

這間美術館一定要欣賞的作品是什麼？

例 この美術館にはどんな展示品がありますか？

ko.no.bi.ju.tsu.ka.n.ni.wa./do.n.na.te.n.ji.hi.n.ga./a.ri.ma.su.ka.

這間美術館有什麼展品？

🔊 107

例 最近の展示のテーマは何ですか？

sa.i.ki.n.no./te.n.ji.no.te.e.ma.wa./na.n.de.su.ka.

最近展示的主題是什麼？

例 この美術館はいろいろなテーマによる展示活動を行っています。

ko.no.bi.ju.tsu.ka.n.wa./i.ro.i.ro.na.te.e.ma.ni.yo.ru.//te.n.ji.ka.tsu.do.u.o./o.ko.na.tte.i.ma.su.

這間美術館依主題有許多展示活動。

 108

例 東京スカイツリー天望デッキで夜景を見たいです。

to.u.kyo.u./su.ka.i.tsu.ri.i.te.n.bo.u.de.kki.de./ya.ke.i.o./mi.ta.i.de.su.

想到東京天空樹展望台看夜景。

例 どこでエレベーターに乗れますか？

do.ko.de./e.re.be.e.ta.a.ni./no.re.ma.su.ka.

在哪裡搭電梯？

例 どこでエスカレーターに乗れますか？

do.ko.de./e.su.ka.re.e.ta.a.ni./no.re.ma.su.ka.

在哪裡搭手扶梯？

1 基本用語
2 飛機
3 機場
4 交通
5 住宿
6 飲食
7 觀光
8 購物
9 非常情況

237

★表演

・會・話・

A 開演は何時ですか？

ka.i.e.n.wa./na.n.ji.de.su.ka.

幾點開演？

B 夜7時半です。

yo.ru./shi.chi.ji.ha.n.de.su.

晚上7點半。

・例・句・

例 コンサートのチケットを一枚ください。

ko.n.sa.a.to.no.chi.ke.tto.o./i.chi.ma.i.ku.da.sa.i.

我想買一張演唱會票。

例 土曜日の夜の切符を一枚ください。

do.yo.u.bi.no./yo.ru.no./ki.ppu.o./i.chi.ma.i.ku.
da.sa.i.

請給我一張星期六晚上的票。

例 次回のコンサートは何曜日ですか？

ji.ka.i.no./ko.n.sa.a.to.wa./na.n.yo.u.bi.de.su.ka.

下場演唱會是星期幾？

例 次回の席はまだありますか？

ji.ka.i.no./se.ki.wa./ma.da.a.ri.ma.su.ka.

下個場次還有位子嗎？

MP3 109

例 いつの席がまだありますか？

i.tsu.no./se.ki.ga./ma.da.a.ri.ma.su.ka.

還剩什麼時候的票？

例 3列目なら、舞台がよく見えますか？

sa.n.re.tsu.me.na.ra./mu.da.i.ga./yo.ku.mi.e.ma.su.ka.

在第3排可以清楚看到舞台嗎？

例 舞台がよく見える席は何列目ですか？

mu.da.i.ga./yo.ku.mi.e.ru.se.ki.wa./na.n.re.tsu.me.de.su.ka.

哪一排可以清楚看見舞台？

例 1列目の席は近すぎます。

i.chi.re.tsu.me.no./se.ki.wa./chi.ka.su.gi.ma.su.

第一排的位子太近了。

例 席へ案内してもらえませんか？

se.ki.e./a.n.na.i.shi.te./mo.ra.e.ma.se.n.ka.

可以介紹一下位置嗎？

例 その席は舞台から遠いです。

so.no.se.ki.wa./mu.da.i.ka.ra./to.o.i.de.su.

這個位子離舞台太遠了。

例 コンサートは7時から10時までです。

ko.n.sa.a.to.wa./shi.chi.ji.ka.ra./ju.u.ji.ma.de.de.su.

演唱會7點開始到10點。

1 基本用語
2 飛機
3 機場
4 交通
5 住宿
6 飲食
7 觀光
8 購物
9 非常情況

例 前から7列目の席はありますか？

ma.e.ka.ra./shi.chi.re.tsu.me.no.se.ki.wa./a.ri.
ma.su.ka.

前面數過來第7排還有位子嗎？

例 アリーナ席はもう売れ切れました。

a.ri.i.na.se.ki.wa./mo.u.u.re.ki.re.ma.shi.ta.

搖滾區的位子已經賣完了。

例 スタンド席はまだあります。

su.ta.n.do.se.ki.wa./ma.da.a.ri.ma.su.

還有看台的票。

例 立見席しか残っていません。

ta.chi.mi.se.ki.shi.ka./no.ko.tte.i.ma.se.n.

只剩站票。

例 二階の席一枚ください。

ni.ka.i.no./se.ki.i.chi.ma.i.ku.da.sa.i.

請給我一張2樓的位子的票。

例 バルコニー席しかありません。

ba.ru.ko.ni.i.se.ki.shi.ka./a.ri.ma.se.n.

只剩露台的位子。

例 上演中は席を立たないでください。

jo.u.e.n.chu.u.wa./se.ki.o./ta.ta.na.i.de./ku.da.sa.
i.

表演中請勿站立。

例 そろそろ開演時間ですので、速やかに入場してください。

so.ro.so.ro./ka.i.e.n.ji.ka.n.de.su.no.de./su.mi.ya.ka.ni./nyu.u.jo.u.shi.te./ku.da.sa.i.

即將開演，請盡快入場。

例 携帯電話はマナーモードに設定してください。

ke.i.ta.i.de.n.wa.wa./ma.na.a.mo.o.do.ni./se.tte.i.shi.te.ku.da.sa.i.

請將手機調為靜音或震動。

例 上演中、録画はご遠慮ください。

jo.u.e.n.chu.u./ro.ku.ga.wa./go.e.n.ryo.ku.da.sa.i.

表演中請勿錄影。

例 上演中、写真撮影はご遠慮ください。

jo.u.e.n.chu.u./sha.shi.n.sa.tsu.e.i.wa./go.e.n.ryo.ku.da.sa.i.

表演中請勿拍照攝影。

例 終演後、記念品を受け取ってきてください。

shu.u.e.n.go./ki.ne.n.hi.n.o./u.ke.to.tte.ki.te./ku.da.sa.i.

演出結束後請來領取紀念品。

① 基本用語
② 飛機
③ 機場
④ 交通
⑤ 住宿
⑥ 飲食
⑦ 觀光
⑧ 購物
⑨ 非常情況

例 飲食物の持ち込みは禁止です。

i.n.sho.ku.bu.tsu.no./mo.chi.ko.mi.wa./ki.n.shi.
de.su.

禁帶飲食。

例 毎日マジックショーがありますか？

ma.i.ni.chi./ma.ji.kku.sho.o.ga./a.ri.ma.su.ka.

每天都有魔術秀嗎？

例 料金には入場料と食事代が含まれています。

ryo.u.ki.n.ni.wa./nyu.u.jo.u.ryo.u.to./sho.ku.ji.
da.i.ga./fu.ku.ma.re.te./i.ma.su.

價格包含了入場和餐飲費用。

例 最終公演はいつですか？

sa.i.shu.u.ko.u.e.n.wa./i.tsu.de.su.ka.

最終場是什麼時候？

★泡湯

•會•話•

A 個室風呂はいくらですか？

ko.shi.tsu.fu.ro.wa./i.ku.ra.de.su.ka.

個人湯屋多少錢？

B 1500円です。

se.n.go.hya.ku.e.n.de.su.

1千五百元日幣。

•例•句•

例 露天風呂しかありません。

ro.te.n.fu.ro./shi.ka.a.ri.ma.se.n.

只有露天的浴池。

例 水着で入浴してもいいですか？

mi.zu.gi.de./nyu.u.yo.ku.shi.te.mo.i.i.de.su.ka.

可以穿泳裝泡湯嗎？

例 一回1時間ご利用できます。

i.kka.i./i.chi.ji.ka.n.go.ri.yo.u.de.ki.ma.su.

1次泡1個小時。

例 一回何時間ですか？

i.kka.i./na.n.ji.ka.n.de.su.ka.

1次可以泡多久？

① 基本用語
② 飛機
③ 機場
④ 交通
⑤ 住宿
⑥ 飲食
⑦ 觀光
⑧ 購物
⑨ 非常情況

例 どんな効能がありますか？

do.n.na.ko.u.no.u.ga./a.ri.ma.su.ka.

有什麼功效？

例 どんな温泉がありますか？

do.n.na.o.n.se.n.ga./a.ri.ma.su.ka.

有什麼温泉？

例 どんな設備がありますか？

do.n.na.se.tsu.bi.ga./a.ri.ma.su.ka.

有什麼設備？

例 女性専用の浴場はありますか？

jo.se.i.se.n.yo.u.no.yo.ku.jo.u.wa./a.ri.ma.su.ka.

有女生專用的浴池嗎？

例 男性専用の浴場のみです。

da.n.se.i./se.n.yo.u.no.yo.ku.jo.u.no.mi.de.su.

只有男性專用浴池。

例 入浴時間は何時までですか？

nyu.u.yo.ku.ji.ka.n.wa./na.n.ji.ma.de.de.su.ka.

泡湯時間到幾點？

例 入浴時間の制限はありますか？

nyu.u.yo.ku.ji.ka.n.no.se.i.ge.wa.a.ri.ma.su.ka.

泡湯可以泡多久？

MP3 112

例 露天風呂或いは個室ですか？

ro.te.n.bu.ro./a.ru.i.wa./ko.shi.tsu.de.su.ka.

請問是露天還是室內澡堂？

例 個室風呂がありますか？

ko.shi.tsu.bu.ro.ga./a.ri.ma.su.ka.

請問有個人湯屋嗎？

例 入湯した後懐石料理を召し上がってください。

nyu.u.to.u.shi.ta.a.to./ka.i.se.ki.ryo.u.ri.o./me.shi.a.ga.tte.ku.da.sa.i.

泡湯後品嘗懷石料理。

例 これはロッカーの鍵です。

ko.re.wa./ro.kka.a.no.ka.gi.de.su.

這是置物櫃的鑰匙。

例 入浴する前に、シャワーしてください。

nyu.u.yo.ku.su.ru./ma.e.ni./sha.wa.a.shi.te./ku.da.sa.i.

請先洗澡再進入泡湯池。

例 調子が悪い時に入浴しないでください。

cho.u.shi.ga./wa.ru.i.to.ki.ni./nyu.u.yo.ku.shi.na.i.de.ku.da.sa.i.

若身體不適請勿泡湯。

① 基本用語 ② 飛機 ③ 機場 ④ 交通 ⑤ 住宿 ⑥ 飲食 ⑦ 觀光 ⑧ 購物 ⑨ 非常情況

例 タオルを浴槽に入れないでください。

ta.o.ru.o./yo.ku.so.u.ni./i.re.na.i.de./ku.da.sa.i.

請勿將毛巾帶入浴池。

例 入浴マナーを守っとください。

nyu.u.yo.ku.ma.na.a.o./ma.mo.tte./ku.da.sa.i.

請遵守泡湯禮儀。

例 石鹸などの入浴用品をご用意しております。

se.kke.n.na.do.no./nyu.u.yo.ku.yo.u.hi.n.o./go.yo.u.i.shi.te./o.ri.ma.su.

為您準備了香皂等入浴用品。

例 冬になると温泉だ。

fu.yu.ni.na.ru.to./o.n.se.n.da.

一到冬天就想到溫泉。

例 フロントでのお預かりはいたしません。

fu.ro.n.to.de.no./o.a.zu.ka.ri.wa./i.ta.shi.ma.se.n.

櫃檯不接受寄放物品。

★拍照

·會·話·

A 展示品と一緒に写真を撮ってもいいですか？

te.n.ji.hi.n.to./i.ssho.ni./sha.shi.n.o./to.tte.mo.i.i.de.su.ka.

可以和展示品一起拍照嗎？

B 申し訳ございません。

mo.u.shi.wa.ke.go.za.i.ma.se.n.

不好意思，不行。

·例·句·

例 写真を撮ってもいいですか？

sha.shi.n.o./to.tte.mo.i.i.de.su.ka.

可以拍照嗎？

例 フラッシュを使ってはいけません。

fu.ra.sshu.o./tsu.ka.tte.wa.i.ke.ma.se.n.

不可以使用閃光燈。

例 写真を撮ってもらえませんか？

sha.shi.n.o./to.tte.mo.ra.e.ma.se.n.ka.

請幫我拍照。

1 基本用語
2 飛機
3 機場
4 交通
5 住宿
6 飲食
7 觀光
8 購物
9 非常情況

例 象と一緒に写真を撮ってもらえませんか？

zo.u.to./i.ssyo.ni./sha.shi.n.o./to.tte.mo.ra.e.ma.se.n.ka.

請幫我和大象拍照。

例 ここから写真を撮ってもらえませんか？

ko.ko.ka.ra./sha.shi.n.o./to.tte.mo.ra.e.ma.se.n.ka.

請幫我從這個角度拍照。

例 もう一回撮ってもらえませんか？

mo.u.i.kka.i./to.tte.mo.ra.e.ma.se.n.ka.

請在幫我拍一張照片。

例 これでいいですか？

ko.re.de.i.i.de.su.ka.

這樣可以嗎？

例 全館写真撮影禁止です。

ze.n.ka.n./sha.shi.n.sa.tsu.e.i.ki.n.shi.de.su.

全館禁止拍照。

例 写真を撮ってはいけません。

sha.shi.n.o./to.tte.wa.i.ke.ma.se.n.

不可拍照。

MP3 114

① 基本用語
② 飛機
③ 機場
④ 交通
⑤ 住宿
⑥ 飲食
⑦ 觀光
⑧ 購物
⑨ 非常情況

★ 體驗

・會・話・

Ⓐ 授業が開催されるのはいつですか？

ju.gyo.u.ga./ka.i.sa.i.sa.re.ru.no.wa./i.tsu.de.su. ka.

課程何時開始？

Ⓑ 5名集まったら、何時でも開催できます。

go.me.i.a.tsu.ma.tta.ra./i.tsu.de.mo./ka.i.sa.i.de. ki.ma.su.

只要有五位，任何時間都可開課。

・例・句・

例 茶道レッスンに参加したいです。

sa.do.u./re.ssu.n.ni./sa.n.ka.shi.ta.i.de.su.

我想參加茶道課程。

例 お菓子講座はどこで申し込めますか？

o.ka.shi.ko.u.za.wa./do.ko.de./mo.u.shi.ko.me. ma.su.ka.

請問可以在哪裡申請和菓子課程？

例 スキースクールはどこですか？

su.ki.i.su.ku.u.ru.wa./do.ko.de.su.ka.

哪裡有滑雪訓練場？

例 1レッスンの値段はいくらですか？

i.chi.re.ssu.n.no./ne.da.n.wa./i.ku.ra.de.su.ka.

一堂課多少錢？

例 1レッスンは10単位です。

i.chi.re.ssu.n.wa./ji.tta.n.i.de.su.

一個課程共10堂課。

例 1クラスに15名の学生がいます

hi.to.ku.ra.su.ni./ju.u.go.me.i.no./ga.ku.se.i.ga.i.ma.su.

一個班級有15個學生。

例 授業時間は二時間です。

ju.gyo.u.ji.ka.n.wa./ni.ji.ka.n.de.su.

上課時間2小時。

例 授業は午後二時から三時までです。

ju.gyo.u.wa./go.go.ni.ji.ka.ra./sa.n.ji.ma.de.de.su.

課程從下午2點到3點。

例 授業は毎週三回です。

ju.gyo.u.wa./ma.i.shu.u.sa.n.ka.i.de.su.

課程每週3次。

例 レッスンは月曜日から金曜日までです。

re.ssu.n.wa./ge.tsu.yo.u.bi.ka.ra./ki.n.yo.u.bi.ma.de.de.su.

課程是星期一到星期五。

① 基本用語
② 飛機
③ 機場
④ 交通
⑤ 住宿
⑥ 飲食
⑦ 觀光
⑧ 購物
⑨ 非常情況

🎧 114

㉑ 授業の時間は平日と休日で違います。

ju.gyo.u.no./ji.ka.n.wa./he.i.ji.tsu.to./kyu.u.ji.tsu.de./chi.ga.i.ma.su.

上課時間分成平日和假日。

🎧 115

㉑ 平日の授業は夜の部しかありません。

he.i.ji.tsu.no.ju.gyo.u.wa./yo.ru.no.bu.shi.ka./a.ri.ma.se.n.

平日只有晚上的課程。

㉑ 休日の授業はありますか？

kyu.u.ji.tsu.no./ju.gyo.u.wa./a.ri.ma.su.ka.

有假日的課程嗎？

㉑ 授業が終わる日に証明書を渡します。

ju.gyo.u.ga./o.wa.ru.hi.ni./sho.u.me.i.sho.o./wa.ta.shi.ma.su.

結業當天會頒發結業證明書。

㉑ 芸者になって写真を撮りたいです。

ge.i.sha.ni.na.tte.sha.shi.n.o./to.ri.ta.i.de.su.

我想拍藝妓變裝照。

㉑ 芸者になって、町を散策できます。

ge.i.sha.sha.ni.na.tte./ma.chi.o.sa.n.sa.ku.de.ki.ma.su.

可以打扮成藝妓逛街。

🔊 115

例 散策時間は約三十分です。

sa.n.sa.ku.ji.ka.n.wa/ya.ku.sa.n.ji.ppu.n.de.su.

逛街時間約30分鐘。

例 当日、写真を持ち帰れます。

to.u.ji.tsu./sha.shi.n.o./mo.chi.ka.e.ri.ma.su.

當天就可以帶照片回家。

例 午後の講座は無料です。

go.go.no./ko.u.za.wa./mu.ryo.u.de.su.

下午的講座是免費的。

例 講座は無料ですが、事前の申し込むが
必要です。

ko.u.za.wa./mu.ryo.u.de.su.ga./ji.ze.n.no./mo.u.
shi.ko.mi.ga./hi.tsu.yo.u.de.su.

講座雖然是免費的，但需要事先報名。

PART

8

購物

渋谷

汐留

銀座

月島

東京
タワー

晴海

豊洲

芝浦

東雲

目黒

レインボー
ブリッジ

有明

東京ビックサ

港南

フジテレビ

天王洲

お台場

青海

品川

大井

1 基本用語
2 飛機
3 機場
4 交通
5 住宿
6 飲食
7 觀光
8 購物
9 非常情況

★尺寸

・會・話・

Ⓐ 日本のサイズは知らないです。

ni.ho.n.no.sa.i.zu.wa./shi.ra.na.i.de.su.

不知道日本的尺寸。

Ⓑ この表をご参考ください。

ko.no.hyo.u.o./go.sa.n.ko.u.ku.da.sa.i.

請參考這張表。

・例・句・

例 サイズは何ですか？

sa.i.zu.wa./na.n.de.su.ka.

是甚麼尺寸呢？

例 サイズを計ってもらえますか？

sa.i.zu.o./ha.ka.tte./mo.ra.e.ma.su.ka.

可以幫我量一下尺寸嗎？

例 体にフィットしますか？

ka.ra.da.ni./fu.i.tto.shi.ma.su.ka.

請問合身嗎？

例 もっと大きいサイズはありますか？

mo.tto./o.o.ki.i./sa.i.zu.wa./a.ri.ma.su.ka.

有大一號的嗎？

例 もっと小さいのはありますか？

mo.tto./chi.i.sa.i./no.wa./a.ri.ma.su.ka.

有更小一點的嗎？

例 ちょっときついです。

cho.tto./ki.tsu.i.de.su.

我覺得有點緊。

例 もっと小さいサイズの服はありますか？

mo.tto./chi.i.sa.i./sa.i.zu.no.fu.ku.wa./a.ri.ma.su.ka.

請問有小一號的衣服嗎？

例 靴のサイズは 24 センチです。

ku.tsu.no.sa.i.zu.wa./ni.ju.u.yo.n.se.n.chi.de.su.

我的鞋號是24公分。

例 この靴はちょっと小さいです。

ko.no.ku.tsu.wa./cho.tto./chi.i.sa.i.de.su.

這雙鞋太小了。

例 袖が短すぎます。

su.de.ga./mi.ji.ka.su.gi.ma.su.

袖子太短了。

例 このジャケットの肩幅が狭すぎます。

ko.no.ja.ke.tto.no./ka.ta.ha.ba.ga./se.ma.su.gi.ma.su.

這件外套的肩膀太窄了。

例 ちょっとゆるいです。
cho.tto./yu.ru.i.de.su.
有點寬鬆。

MP3 117

例 長さを調節してください。
na.ga.sa.o./chou.se.tsu.shi.te./ku.da.sa.i.
可以幫我修改長度嗎？

例 私のサイズに直してもらえますか？
wa.ta.shi.no./sa.i.zu.ni./na.o.shi.te.mo.ra.e.ma.
su.ka.
可以修改成我的尺寸嗎？

例 袖を詰めてください。
su.de.o./tsu.me.te.ku.da.sa.i.
袖子請改短。

例 肩幅を少し詰めてもらえますか？
ka.ta.ha.ba.o./su.go.shi./tsu.me.te.mo.ra.e.ma.
su.ka.
肩膀可以改窄一些嗎？

例 何時仕上がりますか？
i.tsu./shi.a.ga.ri.ma.su.ka.
何時修改好？

例 お直し代はいくらですか？
o.na.o.shi.da.i.wa./i.ku.ra.de.su.ka.
有修改費嗎？

1 基本用語
2 飛機
3 機場
4 交通
5 住宿
6 飲食
7 觀光
8 購物
9 非常情況

📻 117

例 服のリフォームは３日間かかります。

fu.ku.no./ri.fu.o.o.mu.wa./mi.kka.ka.n.ka.ka.ri.
ma.su.

修改衣服需2天時間。

例 二日後、領収書を持って取りに来てく
ださい。

fu.tsu.ka.go./ryo.u.shu.u.sho.o./mo.tte.to.ri.ni./
ki.te.ku.da.sa.i.

請2天後憑收據領回。

例 ウエストサイズは合いますが、ヒップ
サイズが合いません。

u.e.su.to.sa.i.zu.wa./a.i.ma.su.ga./hi.ppu.sa.i.zu.
ga./a.i.ma.se.n.

腰圍合身但臀圍不合。

例 お直しは何日かかりますか？

o.na.o.shi.wa./na.n.ni.chi./ka.ka.ri.ma.su.ka.

修改需要幾天？

例 明日までにいただけますか？

a.shi.ta.ma.de.ni./i.ta.da.ke.ma.su.ka.

明天可以拿到嗎？

★顔色

·會·話·

A どんな色でもありますか？

do.n.na.i.ro.de.mo./a.ri.ma.su.ka.

甚麼顏色都有嗎？

B 今年の夏の流行色は全部あります。

ko.to.shi.no.na.tsu.no./ryu.u.ko.u.sho.ku.wa./ze.n.bu.a.ri.ma.su.

今夏流行的顏色都有。

·例·句·

例 黄色のほうが好きです。

ki.i.ro.no.ho.u.ga./su.ki.de.su.

我想要黃色的。

例 他の色がありますか？

ho.ka.no.i.ro.ga./a.ri.ma.su.ka.

有別的顏色嗎？

例 どんな色がありますか？

do.n.na.i.ro.ga./a.ri.ma.su.ka.

有甚麼顏色呢？

例 もっとほかの色はありますか？

mo.tto./ho.ka.no./i.ro.wa./a.ri.ma.su.ka.

還有哪些顏色可以選擇？

1 基本用語
2 飛機
3 機場
4 交通
5 住宿
6 飲食
7 觀光
8 購物
9 非常情況

例 今年の流行の色は何ですか？

ko.to.shi.no./ryu.u.ko.u.no.i.ro.wa./na.n.de.su.ka.

今年流行甚麼顏色？

例 茶色は私の肌に合わないです。

cha.i.ro.wa./wa.ta.shi.no.ha.da.ni./a.wa.na.i.de.su.

咖啡色不襯我的膚色。

例 オレンジのかばんを探しています。

o.re.n.ji.no./ka.ba.n.o./sa.ga.shi.te.i.ma.su.

在找橘色的包包。

例 ワインレッドのハイヒールはありますか？

wa.i.n.re.ddo.no./ha.i.hi.i.ru.wa./a.ri.ma.su.ka.

有酒紅色高跟鞋嗎？

例 赤いスカーフはありますか？

a.ka.i./su.ka.a.fu.wa./a.ri.ma.su.ka.

有紅色的圍巾嗎？

例 ベージュのウインドブレーカーを探しています。

be.e.ju.no./u.i.n.do.bu.re.e.ka.a.o./sa.ga.shi.te.i.ma.su.

我在找一件米色風衣。

例 黒いブーツはありますか？

ku.ro.i./bu.u.tsu.wa./a.ri.ma.su.ka.

請問有黑色長靴嗎？

例 中央の紫色の指輪を見せてくれませんか？

chu.u.o.u.no./mu.ra.sa.ki.i.ro.no./yu.bi.wa.o./mi.se.te.ku.re.ma.se.n.ka.

可以拿中間的紫色戒指給我看嗎？

例 カタログの白いドレスはどこですか？

ka.ta.ro.gu.no./shi.ro.i./do.re.su.wa./do.ko.de.su.ka.

目錄上的白色長裙在哪？

例 この金色のネックレスはもう売り切れました。

ko.no.ki.n.i.ro.no./ne.kku.re.su.wa./mo.u.u.ri.ki.re.ma.shi.ta.

這條金色項鍊已經賣完了。

例 このブルーのバッグはもう予約されました。

ko.no./bu.ru.u.no.ba.ggu.wa./mo.u.yo.ya.ku.sa.re.ma.shi.ta.

這個藍色手提包已經被訂走了。

例 このカーキ色の財布は限定品です。

ko.no.ka.a.ki.i.ro.no./sa.i.fu.wa./ge.n.te.i.hi.n.de.su.

這個卡其色皮夾是限量品。

❶ 基本用語
❷ 飛機
❸ 機場
❹ 交通
❺ 住宿
❻ 飲食
❼ 觀光
❽ 購物
❾ 非常情況

例 グレーの靴下（くつした）はありますか？
gu.re.e.no./ku.tsu.shi.ta.wa./a.ri.ma.su.ka.
有灰色襪子嗎？

例 ピンクのネクタイはありますか？
pi.n.ku.no./ne.ku.ta.i.wa./a.ri.ma.su.ka.
有粉紅色領帶嗎？

例 グリーンのセーターはありますか？
gu.ri.i.n.no./se.e.ta.a.wa./a.ri.ma.su.ka.
有綠色毛衣嗎？

例 どんな色（いろ）が好（す）きですか？
do.n.na./i.ro.ga./su.ki.de.su.ka.
喜歡什麼顏色？

例 カタログのジャケットの色（いろ）と異（こと）なっています。
ka.ta.ro.gu.no./ja.ke.tto.no./i.ro.to./ko.to.na.tte.i.ma.su.
和目錄上的外套顏色不同。

★食品

會話

A どんな食感ですか？

do.n.na./sho.kka.n.de.su.ka.

是甚麼樣的口感呢？

B 綿のようにふわふわしています。

wa.ta.no.yo.u.ni./fu.wa.fu.wa.shi.te.i.ma.su.

像棉花一樣鬆軟。

例・句

例 どこかにお土産を買える店はあります
か？

do.ko.ka.ni./o.mi.ya.ge.o./ka.e.ru.mi.se.wa./a.ri.
ma.su.ka.

哪裡有賣名產的店？

例 このクッキーの賞味期限はいつまでで
すか？

ko.no.ku.kki.i.no./sho.u.mi.ki.ge.n.wa./i.tsu.ma.
de.de.su.ka.

這和餅乾的保存期限是到何時？

例 賞味期限はどこに書いてありますか？

sho.u.mi.ki.ge.n.wa./do.ko.ni./ka.i.te.a.ri.ma.su.ka.

哪裡有標示保存期限？

① 基本用語　② 飛機　③ 機場　④ 交通　⑤ 住宿　⑥ 飲食　⑦ 觀光　⑧ 購物　⑨ 非常情況

MP3 120

例 これはベジタリアン用のケーキです。

ko.re.wa./be.ji.ta.ri.a.n.yo.u.no./ke.e.ki.de.su.

這是素食這可食用的蛋糕。

例 これは、ラクトオボベジタリアンが食べられるお菓子です。

ko.re.wa./ra.ku.to.o.bo.be.ji.ta.ri.a.n.ga./ta.be.ra.re.ru./o.ka.shi.de.su.

這個點心是奶蛋素。

例 京都のお土産は何ですか？

kyo.u.to.no./o.mi.ya.ge.wa./na.n.de.su.ka.

請問京都的名產是甚麼？

例 お土産を買いたいんですが、お勧めは何ですか？

o.mi.ya.ge.o./ka.i.ta.i.n.de.su.ga./o.su.su.me.wa./na.n.de.su.ka.

我想買伴手禮，請問有推薦的產品嗎？

例 このデザートは大人の味です。

ko.no.de.za.a.to.wa./o.to.na.no.a.ji.de.su.

這款甜點是大人的口味。

例 このケーキは何でできていましたか？

ko.no.ke.e.ki.wa./na.n.de./de.ki.te.i.ma.su.ka.

這個蛋糕是用甚麼做的？

1 基本用語
2 飛機
3 機場
4 交通
5 住宿
6 飲食
7 觀光
8 購物
9 非常情況

🎵 120

例 お菓子の賞味期限は？

o.ka.shi.no./sho.u.mi.ki.ge.n.wa.

甜點的保存期限呢？

 🎵 121

例 今日中に食べた方がいいです。

kyo.u.ju.u.ni./ta.be.ta.ho.u.ga./i.i.de.su.ka.

今天吃完比較好。

例 これは何日間持ちますか？

ko.re.wa./na.n.ni.chi.ka.n./mo.chi.ma.su.ka.

可以放幾天？

例 どのくらい持ちますか？

do.no.ku.ra.i./mo.chi.ma.su.ka.

可以放多久？

例 冷蔵庫で保管した方がいいです。

re.i.zo.u.ko.de./ho.ka.n.shi.ta.ho.u.ga./i.i.de.su.

請放冷藏保存較好。

例 持ち帰りに一時間ぐらいかかるので、ドライアイスを入れてもらえますか？

mo.chi.ka.e.ri.ni./i.chi.ji.ka.n.gu.ra.i./ka.ka.ru.
no.de./do.ra.i.a.i.su.o./i.re.te./mo.ra.e.ma.su.ka.

請給我可以維持一小時的保冷劑。

例 冷蔵庫で七日保存できます。

re.i.zo.u.ko.de./na.no.ka./ho.zo.n.de.ki.ma.su.

放冷藏可保存七天。

例 冷凍庫で一ヶ月保存できます。

re.i.to.u.ko.de./i.kka.ge.tsu./ho.zo.n.de.ki.ma.su.

放冷凍可保存一個月。

例 冷蔵庫で何日くらい持ちますか？

re.i.zo.u.ko.de./na.n.ni.chi.ku.ra.i./mo.chi.ma.
su.ka.

放冷藏可保存多久？

例 一袋に何枚入っていますか？

hi.to.fu.ku.ro.ni./na.n.ma.i./ha.i.tte./i.ma.su.ka.

一袋有幾片？

例 賞味期限は下記二ヶ月となります。

sho.u.mi.ki.ge.n.wa./ka.ki./ni.ka.ge.tsu.to./na.ri.
ma.su.

有效日期如下所記兩個月。

★美妝品

・會・話・

A 日焼け止めクリームはありますか？

hi.ya.ke.do.me.ku.ri.i.mu.wa./a.ri.ma.su.ka.

想找防曬用品。

B この新商品をご参考ください。

ko.no.shi.n.sho.u.hi.no./go.sa.n.ko.u.ku.da.sa.i

介紹您這款新商品。

・例・句・

例 私の肌は脂性です。

wa.ta.shi.no./ha.da.wa./a.bu.ra.sho.u.de.su.

我是油性肌膚。

例 この乳液は敏感肌に合いますか？

ko.no.nyu.u.e.ki.wa./bi.n.ka.n.ha.da.ni./a.i.ma.
su.ka.

請問這個乳液適合敏感性肌膚嗎？

例 乾燥肌用の保湿乳液はありますか？

ka.n.so.u.ha.da.yo.u.no./ho.shi.tsu.nyu.u.e.ki.
wa./a.ri.ma.su.ka.

請問有乾燥肌膚用的保濕乳液嗎？

1 基本用語
2 飛機
3 機場
4 交通
5 住宿
6 飲食
7 觀光
8 購物
9 非常情況

例 この防水リキッドアイライナーは
人気商品です。

ko.no./bo.u.su.i.ri.ki.ddo.a.i.ra.i.na.a.wa./ni.n.
ki.sho.u.hi.n.de.su.

這個防水眼線液是人氣商品。

例 このアイシャドウは夏季限定販売です。

ko.no./a.i.sha.ddo.u.wa./ka.ki.ge.n.te.i./ha.n.ba.
i.de.su.

這款眼影是夏季限定款。

例 このボディケア用品はクリスマスの
限定品です。

ko.no./bo.di.ke.a.yo.u.hi.n.wa./ku.ri.su.ma.su.
no.ge.n.te.i.hi.n.de.su.

這套身體護膚產品是聖誕節限定商品。

例 ウォータープルーフのファンデーショ
ンでいいものはありますか？

wo.o.ta.a.pu.ru.u.fu.no./fa.n.de.e.sho.n.de./i.i.
mo.no.wa./a.ri.ma.su.ka.

防水粉底有推薦的嗎？

例 紫外線カットが出来るファンデーショ
ンはありますか？

shi.ga.i.se.n.ka.tto.ga./de.ki.ru./fa.n.de.e.sho.n.
wa./a.ri.ma.su.ka.

有防紫外線的粉底嗎？

MP3 122

例 オーガニックのクリームはあります
か？

o.o.ga.ni.kku.no./ku.ri.i.mu.wa./a.ri.ma.su.ka.

有有機乳霜嗎？

MP3 123

例 桃色のチークはありますか？

mo.mo.i.ro.no./chi.i.ku.wa./a.ri.ma.su.ka.

有桃色的腮紅嗎？

例 ブラックのマニキュアはありますか？

bu.ra.kku.no./ma.ni.kyu.a.wa./a.ri.ma.su.ka.

有黑色指甲油嗎？

例 ヌーディなリップはありますか？

nu.u.di.na./ri.ppu.wa./a.ri.ma.su.ka.

有裸色唇膏嗎？

1 基本用語
2 飛機
3 機場
4 交通
5 住宿
6 飲食
7 觀光
8 購物
9 非常情況

★服飾

・會・話・

Ⓐ 着やせする服を探しています。

ki.ya.se.su.ru.fu.ku.o./sa.ga.shi.te.i.me.su.

想找顯瘦的衣服。

Ⓑ この黒いパンツを試着してみてください。

ko.no.ku.ro.i./pa.n.tsu.o./shi.cha.ku.shi.te.mi.te.ku.da.sa.i.

請試穿看看這件黑色的褲子。

・例・句・

例 何をお探しですか？

na.ni.o./o.sa.ga.shi.te.i.de.su.ka.

在找甚麼呢？

例 お探しものは見つかりましたか？

o.sa.ga.shi.mo.no.wa./mi.tsu.ka.ri.ma.shi.ta.ka.

找到需要的東西了嗎？

例 このデザインと似てる物はありますか？

ko.no.de.za.i.n.to./ni.te.ru.mo.no.wa./a.ri.ma.su.ka.

有和這個設計相似的東西嗎？

例 このデザインと同じような物はありますか？

ko.no.de.za.i.n.to./o.na.ji.yo.u.na./mo.no.wa./a.ri.ma.su.ka.

有和這個設計相同的東西嗎？

 🎧 124

例 他の物を見せていただいてもいいですか？

ho.ka.no.mo.no.o./mi.se.te./i.ta.da.i.te.mo.i.i.de.su.ka.

請給我看看別的。

例 雑誌と同じ物はありますか？

za.sshi.to./o.na.ji.mo.no.wa./a.ri.ma.su.ka.

有和雜誌中相同的東西嗎？

例 このデザインは特別です。

ko.no.de.za.i.n.wa./to.ku.be.tsu.de.su.

這個設計很特別。

例 Tシャツを買いたいです。

ti.sha.tsu.o./ka.i.ta.i.de.su.

我想買T-shirt。

例 マネキンが着ている上着を見たいです。

ma.ne.ki.n.ga./ki.te.i.ru./u.wa.gi.o./mi.ta.i.de.su.

我想看模特兒的那件上衣。

例 ショーウインドーの中の黒のジャンバーは最後の一着です。

sho.o.u.i.n.do.o.no./na.ka.no.ku.ro.no./ja.n.ba.a.wa./sa.i.go.no./i.ccha.ku.de.su.

櫥窗裡的黑色夾克是最後一件。

例 もう少し大人っぽいドレスはありますか？

mo.u./su.go.shi./o.to.na.ppo.i./do.re.su.wa./a.ri.ma.su.ka.

有在成熟一點的洋裝嗎？

例 このスカートに合うシャツはありますか？

ko.no.su.ka.a.to.ni./a.u./sha.tsu.wa./a.ri.ma.su.ka.

有配這件裙子的上衣嗎？

例 このシャツはどう合わせたらいいでしょうか？

ko.no.sha.tsu.wa./do.u.a.wa.se.ta.ra./i.i.de.sho.u.ka.

這件上衣要怎麼搭配才好？

例 そんなに派手ではないデザインはありますか？

so.n.na.ni./ha.de.de.wa.na.i./de.za.i.n.wa./a.ri.ma.su.ka.

有沒有較不華麗的設計？

① 基本用語
② 飛機
③ 機場
④ 交通
⑤ 住宿
⑥ 飲食
⑦ 觀光
⑧ 購物
⑨ 非常情況

🎵 **124**

例 ポケットが付いているスカートはありますか？

po.ke.tto.ga./tsu.i.te.i.ru./su.ka.a.to.wa./a.ri.ma.su.ka.

有有口袋的裙子嗎？

例 今年、七分丈パンツが流行っています。

ko.to.shi./shi.chi.bu.ta.ke.pa.n.tsu.ga./ha.ya.tte.i.ma.su.

今年流行七分褲。

🎵 **125**

例 ジョギングシューズでなにかいいものはありますか？

jo.gi.n.gu.shu.u.zu.de./na.ni.ka./i.i.mo.no.wa./a.ri.ma.su.ka.

可以介紹一下慢跑鞋嗎？

例 5センチ以下のハイヒールを買いたいです。

go.se.n.chi.i.ka.no./ha.i.hi.i.ru.o./ka.i.ta.i.de.su.

想買5公分以下的高跟鞋。

例 このかばんはどんな服にも合います。

ko.no.ka.ba.n.wa./do.n.na.fu.ku.ni./mo.a.i.ma.su.

這個包包可以配任何衣服。

例 ポケットがたくさんあるかばんを探し
ています。

po.ke.tto.ga./ta.ku.sa.n.a.ru.ka.ba.n.o./sa.ga.shi.
te.i.ma.su.

想找很多口袋的包包。

例 これは本物の皮ですか？

ko.re.wa./ho.n.mo.no.no.ka.wa.de.su.ka.

這是真皮嗎？

例 この帽子は UV カット効果があります。

ko.no.bo.u.shi.wa./yu.bi.ka.tto.ko.u.ka.ga./a.ri.
ma.su.

這款帽子有防UV功能。

例 ショーケースにあるピアスを取って
見せていただいてもいいですか？

sho.o.ke.e.su.ni./a.ru.pi.a.su.o./to.tte.mi.se.te./i.
ta.da.i.te.mo.i.i.de.su.ka.

櫥櫃裡的耳環可以拿給我看嗎？

例 このショーケースにある指輪を見せて
ください。

ko.no.sho.o.ke.e.su.ni./a.ru.yu.bi.wa.o./mi.se.te.
ku.da.sa.i.

請給我看這個櫥櫃裡的戒指。

例 前から5番目の右から2番目の指輪です。

ma.e.ka.ra./go.ba.n.me.no.mi.gi.ka.ra./ni.ba.n.me.no./yu.bi.wa.de.su.

前面算過來第5個,右邊算過來第2個的戒指。

例 それではなくて、その前のペンダントトップです。

so.re.de.wa.na.ku.te./so.no.ma.e.no./pe.n.da.n.to.to.ppu.de.su.

不是那個,是那個前面的墜子。

例 これはどんな石ですか?

ko.re.wa./do.n.na.i.shi.de.su.ka.

這是甚麼寶石?

例 これは、ゴールドの指輪ですか?

ko.re.wa./go.o.ru.do.no./yu.bi.wa.de.su.ka.

這是金戒指嗎?

例 鑑定書が付きますか?

ka.n.te.i.sho.ga./tsu.ki.ma.su.ka.

有附保證書嗎?

例 指のサイズは知らないです。

yu.bi.no./sa.i.zu.wa./shi.ra.na.i.de.su.

不知道戒圍。

1 基本用語
2 飛機
3 機場
4 交通
5 住宿
6 飲食
7 觀光
8 購物
9 非常情況

🎧 126

例 奥から2番目です。

o.ku.ka.ra./ni.ba.n.me.de.su.

從裡面算來第2個。

例 右から5番目の手前にあるのです。

mi.gi.ka.ra./go.ba.n.me.no.te.ma.e.ni./a.ru.no.de.su.

右邊算來第五個前面的這個。

例 水で洗えますか？

mi.zu.de./a.ra.e.ma.su.ka.

可以水洗嗎？

例 アイロンをかけてもいいですか？

a.i.ro.n.o./ka.ke.te.mo.i.i.de.su.ka.

可以熨燙嗎？

例 水にぬれると縮むので、ドライクリーニングをしてください。

mi.zu.ni.nu.re.ru.to./chi.ji.mu.no.de./do.ra.i.ku.ri.i.ni.n.gu.o./shi.te.ku.da.sa.i.

會縮水，請乾洗。

例 水で洗うと、色落ちしますか？

mi.zu.de./a.ra.u.to./i.ro.o.chi.shi.ma.su.ka.

水洗會退色嗎？

例 このブラウスは洗濯機で洗えますか？

ko.no.bu.ra.u.su.wa./se.n.ta.ku.ki.de./a.ra.e.ma.su.ka.

這件襯衫可以用洗衣機洗嗎？

例 淡い色の服と分けて洗ってください。

a.wa.i.i.ro.no./fu.ku.to./wa.ke.te./a.ra.tte./ku.da.sa.i.

請和淺色衣服分開洗。

例 ダウンジャケットはありますか？

da.u.n.ja.ke.tto.wa./a.ri.ma.su.ka.

有羽絨外套嗎？

例 これは本物のダイヤモンドですか？

ko.re.wa./ho.n.mo.no.no./da.i.ya.mo.n.do.de.su.ka.

這是真的鑽石嗎？

★材質

會・話

Ａ どんな素材のセーターをお探しですか？

do.n.na.so.za.i.no.se.e.ta.a.o./o.sa.ga.shi.de.su.ka.

想找甚麼材質的毛衣？

Ｂ ウールのセーターはありますか？

u.u.ru.no.se.e.ta.a.wa./a.ri.ma.su.ka.

有羊毛的嗎？

1 基本用語
2 飛機
3 機場
4 交通
5 住宿
6 飲食
7 觀光
8 購物
9 非常情況

例・句

例 これはどんな素材ですか？

ko.re.wa./do.n.na.so.za.i.de.su.ka.

這是甚麼材質？

例 これは綿100パーセントの上着です。

ko.re.wa./me.n.hya.ku.pa.a.se.n.to.no./u.wa.gi.
de.su.

這是純棉的上衣。

例 触ってもいいですか？

sa.wa.tte.mo.i.i.de.su.ka.

可以碰嗎？

例 素材はいいですが、値段はそんなに高くないです。

so.za.i.wa.i.i.de.su.ga./ne.da.n.wa./so.n.na.ni./
ta.ka.ku.na.i.de.su.

材質很好價格並不貴。

例 これは通気性が良い服です。

ko.re.wa./tsu.u.ki.se.i.ga./yo.i.fu.ku.de.su.

這衣服很透氣。

例 これは牛革で作ったバッグです。

ko.re.wa./gyu.u.ka.wa.de./tsu.ku.tta./ba.ggu.de.
su.

這是牛皮做的包包。

MP3 126

例 カシミアのセーターは柔らかくて暖かいです。

ka.shi.mi.a.no./se.e.ta.a.wa./ya.wa.ra.ka.ku.te./
a.ta.ta.ka.i.de.su.

喀什米爾毛的毛衣既軟又暖。

MP3 127

★試用

・會・話・

Ⓐ この靴を履いてみてもいいですか？

ko.no.ku.tsu.o./ha.i.te.mi.te.mo.i.i.de.su.ka.

可以試穿這雙鞋子嗎？

Ⓑ サイズは何センチですか？

sa.i.zu.wa./na.n.se.n.chi.de.su.ka.

請問穿幾號鞋？

・例・句・

例 このピンクのワンピースを試着できますか？

ko.no.pi.n.ku.no./wa.n.pi.i.su.o./shi.cha.ku.de.
ki.ma.su.ka.

我想試穿這件粉紅色洋裝。

1 基本用語
2 飛機
3 機場
4 交通
5 住宿
6 飲食
7 觀光
8 購物
9 非常情況

🎵 127

例 着てみてもいいですか？

ki.te.mi.te.mo.i.i.de.su.ka.

可以試穿嗎？

例 試着できません。

shi.cha.ku.de.ki.ma.se.n.

不可試穿。

例 試着一回で何枚持ち込めますか？

shi.cha.ku.i.kka.i.de./na.n.ma.i.mo.chi.ko.me.
ma.su.ka.

一次可以拿幾件試穿？

例 試着室はどこですか？

shi.cha.ku.shi.tsu.wa./do.ko.de.su.ka.

試衣間在哪？

例 試食してください。

shi.sho.ku.shi.te.ku.da.sa.i

請試吃。

例 試食してもいいですか？

shi.sho.ku.shi.te.mo.i.i.de.su.ka.

可以試吃嗎？

例 試着したいんです。

shi.cha.ku.shi.ta.i.n.de.su.

我想試穿。

① 基本用語
② 飛機
③ 機場
④ 交通
⑤ 住宿
⑥ 飲食
⑦ 觀光
⑧ 購物
⑨ 非常情況

MP3 127

例 試着用の靴をご用意しております。

shi.cha.ku.yo.u.no./ku.tsu.o./go.yo.u.i.shi.te./o.ri.ma.su.

為您準備了試穿時好穿脱的鞋子。

MP3 128

★促銷

·會·話·

Ⓐ 夏のバーゲンセールはいつからですか？

na.tsu.ba.a.ge.n.se.e.ru.wa./i.tsu.ka.ra.de.su.ka.

夏季大折扣何時開始？

Ⓑ 今年は八月からです。

ko.to.shi.wa./ha.chi.ga.tsu.ka.ra.de.su.

今年是8月開始。

·例·句·

例 当日当店にて一万円以上お買い上げのお客様に、福袋を差し上げます。

to.u.ji.tsu.to.u.te.n.ni.te./i.chi.ma.n.e.n.i.jo.o.ka.i.a.ge.no.o.kya.ku.sa.ma.ni./fu.ku.bu.ku.ro.o./sa.shi.a.ge.ma.su.

在本店當天消費滿1萬元送一個福袋。

128

例 今日はデパートのバーゲンです。

kyo.u.wa./de.pa.a.to.no./ba.a.ge.n.de.su.

今天是百貨周年慶。

例 今日から在庫一掃セールが始まります。

kyo.u.ka.ra./za.i.ko.i.sso.u.se.e.ru.ga./ha.ji.ma.ri.ma.su.

今天是跳樓大拍賣。

例 限定福袋は一つ五千円です。

ge.n.te.i.fu.ku.bu.ku.ro.wa./hi.to.tsu./go.se.n.e.n.de.su.

一個限量福袋5000元。

例 八時以降、生鮮食品は30％引き販売します。

ha.chi.ji.i.ko.u./se.i.se.n.sho.ko.hi.n.wa./sa.ju.u.pa.a.se.n.to.bi.ki.de./ha.n.ba.i.shi.ma.su.

8點過後，生鮮產品7折。

例 本日の特売品はサツマイモです。

ho.n.ji.tsu.no./to.ku.ba.i.hi.n.wa./sa.tsu.ma.i.mo.de.su.

今天促銷品是地瓜。

例 靴下を一足買えばもう一足プレゼントします。

ku.tsu.shi.ta.o./i.sso.ku.ka.e.ba./mo.u.i.sso.ku./pu.re.ze.n.to.shi.ma.su.

襪子買一送一。

🔊 128

例 本日、全店の商品すべて10％割引になります。

ho.n.ji.tsu./ze.n.te.n.no.sho.u.hi.n./su.be.te./ji.ppa.a.se.n.to.wa.ri.bi.ki.ni./na.ri.ma.su.

今天，店裡全部商品一律9折。

例 割引は今日からです。

wa.ri.bi.ki.wa./kyo.u.ka.ra.de.su.

從今天開始打折。

 🔊 129

例 割引は今日までです。

wa.ri.bi.ki.wa./kyo.u.ma.de.de.su.

打折到今天為止。

例 今日激安特価。

kyo.u./ge.ki.ya.su.to.kka.

今天超便宜特價。

例 今日の特売はなんですか？

kyo.u.no./to.ku.ba.i.wa./na.n.de.su.ka.

今天的特價商品是什麼？

例 クリスマスのセールはいつから始まりますか？

ku.ri.su.ma.su.no./se.e.ru.wa./i.tsu.ka.ra./ha.ji.ma.ri.ma.su.ka.

聖誕節折扣從什麼時候開始？

基本用語 ❶
飛 機 ❷
機 場 ❸
交 通 ❹
住 宿 ❺
飲 食 ❻
觀 光 ❼
購 物 ❽
非常情況 ❾

★議價

・會・話・

A クーポン一枚でどのくらい値引きできますか？

ku.u.po.n.i.chi.ma.i.de./do.no.ku.ra.i./ne.bi.ki.de.ki.ma.su.ka.

請問一張優惠券可抵多少錢？

B 一枚で1千円です。

i.chi.ma.i.de./i.sse.n.e.n.de.su.

一張可折抵1000元日幣。

・例・句・

例 値段がちょっと高いです。

ne.da.n.ga./cho.tto./ta.ka.i.de.su.

價格有點貴。

例 もっと安い製品がありますか？

mo.tto./ya.su.i.se.i.hi.n.ga./a.ri.ma.su.ka.

有便宜一點的商品嗎？

例 もう一つ買ったら、まけてくれますか？

mo.u.hi.to.tsu./ka.tta.ra./ma.ke.te.ku.re.ma.su.ka.

多買一個，可以算便宜些嗎？

MP3 129

例 この値段は高すぎます。

ko.no.ne.da.n.wa./ta.ka.su.gi.ma.su.

這個價格太貴了。

MP3 130

例 まけてください。

ma.ke.te.ku.da.sa.i.

請算便宜一點。

例 もう少し安くなりますか？

mo.u.su.go.shi./ya.su.ku.na.ri.ma.su.ka.

可以再便宜一點嗎？

例 二つ買ったら、どのくらい値引きできますか？

fu.ta.tsu.ka.tta.ra./do.no.ku.ra.i./ne.bi.ki.de.ki.de.ki.ma.su.ka.

買2個可以便宜多少？

例 このクーポンを使えますか？

ko.no.ku.u.po.n.o./tsu.ka.e.ma.su.ka.

可以用這個優惠券嗎？

例 たくさん買ったら、まけてくれますか？

ta.ku.sa.n.ka.tta.ra./ma.ke.te.ku.re.ma.su.ka.

買多一點，會更便宜嗎？

① 基本用語
② 飛機
③ 機場
④ 交通
⑤ 住宿
⑥ 飲食
⑦ 觀光
⑧ 購物
⑨ 非常情況

例 現金払いは更に割引がありますか？

ge.n.ki.n.ba.ra.i.wa./sa.ra.ni./wa.ri.bi.ki.ga.a.ri.
ma.su.ka.

用現金有折扣嗎？

例 もう値引きして販売しています。

mo.u.ne.bi.ki.shi.te./ha.n.ba.i.shi.te.i.ma.su.

已經打折販售了。

例 クーポンは何枚まで使えますか？

ku.u.po.n.wa./na.n.ma.i.ma.de./tsu.ka.e.ma.su.ka.

最多可以用幾張折價券？

例 一回に付き一枚しか使えません。

i.kka.i.ni./tsu.ki./i.chi.ma.i.shi.ka./tsu.ka.e.ma.
se.n.

一次只能用一張。

例 当店は値引きをしないです。

to.u.te.n.wa./ne.bi.ki.o./shi.na.i.de.su.

本店不打折。

MP3 131

★包裝

會・話

A 袋がご利用ですか？

fu.ku.ro.ga./go.ri.yo.u.de.su.ka.

請問需要買購物袋嗎？

B いいえ、この袋に入れてください。

i.i.e./ko.no.fu.ku.ro.ni./i.re.te.ku.da.sa.i

不需要。請幫我用這個袋子裝。

例・句

例 ギフト包装してもらえますか？

gi.fu.to.ho.u.so.u.shi.te./mo.ra.e.ma.su.ka.

請幫我包裝。

例 プレゼントのラッピングをお願いします

pu.re.ze.n.to.no./ra.ppi.n.gu.o./o.ne.ga.i.shi.ma.su.

請用包裝紙包裝。

例 プレゼントのラッピングは、別途料金が必要ですか？

pu.re.ze.n.to.no./ra.ppi.n.gu.wa./be.tto.ryo.u.ki.n.ga./hi.tsu.hyo.u.de.su.ka.

禮品包裝要另外收費嗎？

例 別々に包装してください。

be.tsu.be.tsu.ni./ho.u.so.u.shi.te.ku.da.sa.i.

請幫我分開包裝。

例 それぞれのバッグに分けて入れてください。

so.re.zo.re.no.ba.ggu.ni./wa.ke.te./i.re.te.ku.da.sa.i.

請分開裝入。

1 基本用語
2 飛機
3 機場
4 交通
5 住宿
6 飲食
7 觀光
8 購物
9 非常情況

例 全部一緒に包装してください。
ze.n.bu.i.ssho.ni./ho.u.so.u.shi.te.ku.da.sa.i.
請全部包裝在一起。

例 プレゼントなので、値札を取ってください。
pu.re.ze.n.to.na.no.de./ne.fu.da.o./to.tte.ku.da.sa.i.
我要送禮,請幫我撕掉標籤。

例 綺麗にラッピングしてください。
ki.re.i.ni./ra.ppi.n.gu.shi.te.ku.da.sa.i
幫我包漂亮一點。

例 ラッピングしないでください。
ra.ppi.n.gu.shi.na.i.de.ku.da.sa.i.
不需要包裝。

例 ラッピング代はいくらですか?
ra.ppi.n.gu.da.i.wa./i.ku.ra.de.su.ka.
包裝費多少?

例 ピンクのリボンを付けてください
pi.n.ku.no./ri.bo.n.o./tsu.ke.te.ku.da.sa.i.
請綁上粉紅色緞帶。

例 破れる恐れがあるので、紙袋を2重に
してもらえますか？

ha.bu.re.ru.o.so.re.ga.a.ru.no.de./ka mi.bu.ku.ro.o./ni.ju.u.ni./shi.te.mo.ra.e.ma.su.ka.

怕破掉，可以幫我套2層紙袋嗎？

例 袋に入れますか？

hu.ku.ro.ni./i.re.ma.su.ka.

要裝到袋子裡嗎？

例 ビニール袋に入れてください。

bi.ni.i.ru.bu.ku.ro.ni./i.re.te./ku.da.sa.i.

幫我裝到塑膠袋裡。

例 ビニール袋をもう一つください。

bi.ni.i.ru.bu.ku.ro.o./mo.u./hi.to.tsu./ku.da.sa.i.

再給我一個塑膠袋。

★結帳

•會•話•

Ⓐ 現金が足りないんですが。

ge.n.ki.n.ga./ta.ri.na.i.n.de.su.ga.

現金不夠。

右側索引：
① 基本用語
② 飛機
③ 機場
④ 交通
⑤ 住宿
⑥ 飲食
⑦ 觀光
⑧ 購物
⑨ 非常情況

132

B クレジックカードでもいいですよ。

ku.re.ji.tto.ka.a.do.de.mo.i.i.de.su.

用信用卡也可以。

例・句

例 全部でいくらですか？

ze.n.bu.de.i.ku.ra.de.su.ka.

全部多少錢？

例 レシートがいりますか？

re.shi.i.to.ga./i.ri.ma.su.ka.

要收據嗎？

例 ちょっと考えてみます。

cho.tto./ka.n.ga.e.te.mi.ma.su.

再考慮看看。

例 また今度来ます。

ma.ta.ko.n.do.ki.ma.su.

下次再來。

例 まだ考えています。

ma.da.ka.n.ga.e.te.i.ma.su.

還在考慮中。

 133

例 入荷まで何日間掛かりますか？

nyu.u.ka.ma.de./na.n.ni.chi.ka.n./ka.ka.ri.ma.su.ka.

要幾天才會進貨？

MP3 133

例 どれになさいますか？
do.re.ni./na.sa.i.ma.su.ka.
要哪一個呢？

例 クレジットカードを使えますか？
ku.re.ji.tto.ka.a.do.o./tsu.ka.e.ma.su.ka.
可以用信用卡嗎？

例 台湾ドルは使えますか？
ta.i.wa.n.do.ru.wa./tsu.ka.e.ma.su.ka.
請問收台幣嗎？

例 米ドルで買物できますか？
be.i.do.ru.de./ka.i.mo.no.de.ki.ma.su.ka.
請問收美金嗎？

例 あれを見せてください。
a.re.o./mi.se.te.ku.da.sa.i
請給我看那個。

例 そう、これです。
so.u./ko.re.de.su.
對，就是這個。

例 これをください。
ko.re.o.ku.da.sa.i.
我要這個。

例 これをお願いします。
ko.re.o.o.ne.ga.i.shi.ma.su.
請給我這個。

133

例 新しい物をください。

a.ta.ra.shi.i.mo.no.o./ku.da.sa.i.

請給我新的。

例 在庫がないので、予約してください。

za.i.ko.ga.na.i.no.de./yo.ya.ku.shi.te.ku.da.sa.i.

目前沒有現貨，需要預訂。

例 在庫が切れましたので、取り寄せます。

za.i.ko.ga./ki.re.ma.shi.ta.no.de./to.ri.yo.se.ma.su.

沒庫存，需要調貨。

例 袋をひとつください。

fu.ku.ro.o./hi.to.tsu.ku.da.sa.i.

請給我一個提袋。

例 袋は別料金です。

fu.ku.ro.wa./be.tsu.ryo.u.ki.n.de.su.

提袋需要另外計費。

例 海外へ行く時、薬を持ち込めますか？

ka.i.ga.i.e./i.ku.to.ki./ku.su.ri.o./mo.chi.ko.me.ma.su.ka.

藥品可以帶出國嗎？

134

例 見ているだけです。

mi.te.i.ru.da.ke.de.su.

我只是看看。

例 やっぱり買いません。

ya.ppa.ri.ka.i.ma.se.n.

我還是不買了。

例 やっぱりいりません。

ya.ppa.ri.i.ri.ma.se.n.

還是不要好了。

例 それでいくらですか？

so.re.de./i.ku.ra.de.su.ka.

請問日幣多少錢？

例 会計が違っています。

ka.i.ke.i.ga./chi.ga.tte.i.ma.su.

算錯了。

例 小銭に換えられますか？

ko.ze.ni.ni./ka.e.ra.re.ma.su.ka.

請問可以換零錢嗎？

例 一階の案内センターで税金還付を受け付けます。

i.kka.i.no./a.n.na.i.se.n.ta.a.de./ze.i.ki.n.ka.n.pu.o./u.ke.tsu.ke.ma.su.

請到一樓服務中心退稅。

例 ここにおいておいてあとに取りに来ます。

ko.ko.ni./o.i.te./o.i.te./a.to.ni./to.ri.ni./ki.ma.su.

放這裡，我等一下來拿。

❶ 基本用語
❷ 飛機
❸ 機場
❹ 交通
❺ 住宿
❻ 飲食
❼ 觀光
❽ 購物
❾ 非常情況

MP3 134

例 ポイントをためてください。

po.i.n.to.o./ta.me.te./ku.da.sa.i.

請幫我累積點數。

例 ポイントが使えますか？

po.i.n.to.ga./tsu.ka.e.ma.su.ka.

可以使用點數嗎？

MP3 135

★退換

會・話

Ⓐ 何日以内なら、返品できますか？

na.n.ni.chi.i.na.i.na.ra./he.n.pi.n.de.ki.ma.su.ka.

幾天內可以退換貨？

Ⓑ 七日以内です。

na.no.ka.i.na.i.de.su.

7天內。

例・句

例 交換したいです。

ko.u.ka.n.shi.ta.i.de.su.

我想換貨。

例 返品したいです。

he.n.pi.n.shi.ta.i.de.su.

我想退貨。

例 どうしてですか？

do.u.shi.te.de.su.ka.

為甚麼呢？

例 領収書がありますか？

ryo.u.shu.u.sho.ga./a.ri.ma.su.ka.

請問有收據嗎？

例 七日以内に返品可能ですが、値札を取らないで領収書を持って来てください。

na.no.ka.i.na.i.ni./he.n.pi.n.ka.no.u.de.su.ga./ne.fu.da.o.to.ra.na.i.de./ryo.u.shu.u.sho.o./mo.tte.ki.te.ku.da.sa.i.

7 天內可以退換貨，但請不要拆掉標籤並保留收據。

例 どんな問題がありますか？

do.n.na.mo.n.da.i.ga./a.ri.ma.su.ka.

請問有甚麼問題？

例 不満の点はどこですか？

fu.ma.n.no.te.n.wa./do.ko.de.su.ka.

請問哪裡不滿意？

例 返品できますか？

he.n.pi.n.de.ki.ma.su.ka.

可以退貨嗎？

例 返品を受け付けません。

he.n.pi.n.o./u.ke.tsu.ke.ma.se.n.

不接受退換貨。

❶ 基本用語
❷ 飛機
❸ 機場
❹ 交通
❺ 住宿
❻ 飲食
❼ 觀光
❽ 購物
❾ 非常情況

PART 9

非常情況

渋谷　　　　汐留　　銀座　　月島
　　　　　　　　　　　　晴海　　豊洲
　　　　東京
　　　　タワー
　　　　芝浦　　　　　　　　　東雲
目黒　　　　　　　　　　　　　有明
　　　　　港南　レインボー　　　　　東京ビックサ
　　　　　　　ブリッジ　　　フジテレビ
　　　　天王洲　お台場
　　　　　　　　　　　　　　青海
　　　品川

　　　　　大井

★遺失

・會・話・

Ａ どうしたんですか？

do.u.shi.ta.n.de.su.ka.

怎麼了？

Ｂ クレジットカードをなくしました。

ku.re.ji.tto.ka.a.do.o./na.ku.shi.ma.shi.ta.

信用卡掉了…

・例・句・

例 パスポートをなくしました。

pa.su.po.o.to.o./na.ku.shi.ma.shi.ta.

護照不見了。

例 航空券をなくしました。

ko.u.ku.u.ke.n.o./na.ku.shi.ma.shi.ta.

機票不見了。

例 財布をなくしました。

sa.i.fu.o./na.ku.shi.ma.shi.ta.

錢包不見了。

例 荷物をなくしました。

ni.mo.tsu.o./na.ku.shi.ma.shi.ta.

行李不見了。

❶ 基本用語
❷ 飛機
❸ 機場
❹ 交通
❺ 住宿
❻ 飲食
❼ 觀光
❽ 購物
❾ 非常情況

例 ロッカーの鍵をなくしました。

ro.kka.a.no.ka.gi.o./na.ku.shi.ma.shi.ta.

置物箱鑰匙不見了。

例 自転車をなくしました。

ji.te.n.sha.o./na.ku.shi.ma.shi.ta.

腳踏車不見了。

例 カメラをタクシーの中に置き忘れてしまいました。

ka.me.ra.o./ta.ku.shi.i.no.na.ka.ni./o.ki.wa.su.re.te.shi.ma.i.ma.shi.ta.

我把照相機忘在計程車上了。

例 部屋のキーをなくしました。

he.ya.no.ki.i.o./na.ku.shi.ma.shi.ta.

房間的鑰匙不見了。

例 車のキーをなくしました。

ku.ru.ma.no.ki.i.o./na.ku.shi.ma.shi.ta.

車子的鑰匙不見了。

★求助

•會•話•

Ⓐ 手伝いましょうか？

te.tsu.ta.i.ma.sho.ka.

需要幫忙嗎？

Ⓑ 最寄りの駅はどこですか？

mo.yo.ri.no./e.ki.wa./do.ko.de.su.ka.

最近的車站在哪？

•例•句•

例 強盗に遭いました。

ga.n.do.u.ni./a.i.ma.shi.ta.

我被搶了。

例 盗難に遭いました。

to.u.na.n.ni./a.i.ma.shi.ta.

遭小偷了。

例 救急車を呼んでください。

kyu.u.kyu.u.sha.o./yo.n.de.ku.da.sa.i.

請幫我叫救護車。

例 警察を呼んでください。

ke.i.sa.tsu.o./yo.n.de.ku.da.sa.i

請幫我叫警察。

右側邊欄：
1 基本用語
2 飛機
3 機場
4 交通
5 住宿
6 飲食
7 觀光
8 購物
9 非常情況

例 最寄の交番はどこですか？

mo.yo.ri.no./ko.u.ba.n.wa./do.ko.de.su.ka.

請問最近的警察局在哪？

例 手伝ってくれませんか？

te.tsu.da.tte.ku.re.ma.se.n.ka.

可以幫我嗎？

例 助けてください。

ta.su.ke.te.ku.da.sa.i.

請救我。

例 110番にかけてください。

hya.ku.to.o.ba.n.ni./ka.ke.te.ku.da.sa.i.

請打110。

例 車にあたられました。

ku.ru.ma.ni./a.ta.ra.re.ma.shi.ta.

被車撞了。

例 車が故障しました。

ku.ru.ma.ga./ko.sho.u.shi.ma.shi.ta.

車子故障了。

例 交通事故に遭いました。

ko.u.tsu.u.ji.ko.ni./a.i.ma.shi.ta.

遇到交通事故了。

例 車に乗せてもらってもいいですか？

ku.ru.ma.ni./no.se.te./mo.ra.tte.mo.i.i.de.su.ka.

請問可以載我一程嗎?

🎵 138

例 泥棒！

do.ro.bo.u.

有小偷。

例 痴漢！

chi.ka.n.

有色狼。

例 ここからどうやってホテルへ戻れますか？

ko.ko.ka.ra./do.u.ya.tte./ho.te.ru.e./mo.do.re.ma.su.ka.

要怎麼從這邊回飯店？

例 トイレを借りてもいいですか？

to.i.re.o./ka.ri.te.mo.i.i.de.su.ka.

可以借用廁所嗎？

例 知らない人だ。

shi.ra.na.i.hi.to.da.

我不認識他。

例 日本語ができません。

ni.ho.n.go.ga./de.ki.ma.se.n.

我不會說日文。

例 日本語が少しできます。

ni.ho.n.go.ga./su.ko.shi.de.ki.ma.su.

我只會說一點日文。

① 基本用語
② 飛機
③ 機場
④ 交通
⑤ 住宿
⑥ 飲食
⑦ 觀光
⑧ 購物
⑨ 非常情況

例 中国語ができますか？

chu.u.go.ku.go.ga./de.ki.ma.su.ka.

請問會説中文嗎？

例 中国語ができる人がいますか？

chu.u.go.ku.go.ga./de.ki.ru.hi.to.ga./i.ma.su.ka.

請問有會説中文的人嗎？

例 中国語が話せる人はいますか？

chu.u.go.ku.go.ga./ha.na.se.ru.hi.to.wa./i.ma.su.ka.

請問有會説中文的人嗎？

例 通訳者を呼んでください。

tsu.u.ya.ku.sha.o./yo.n.de.ku.da.sa.i.

請幫我找翻譯人員。

例 中国語が話せますか？

chu.u.go.ku.go.ga./ha.na.se.ma.su.ka.

會説中文嗎？

★健康

・會・話・

Ⓐ どこか悪いですか？

do.ko.ka./wa.ru.i.de.su.ka.

哪裡不舒服嗎？

Ⓑ 食欲がまったくないです。

sho.ku.yo.ku.ga./ma.tta.ku./na.i.de.su.

完全沒有食慾。

・例・句・

例 どこか薬局はありますか？

do.ko.ka./ya.kkyo.ku.wa./a.ri.ma.su.ka.

請問哪裡有藥局？

例 病院はどこですか？

byo.u.i.n.wa./do.ko.de.su.ka.

請問醫院在哪裡？

例 病院まで連れて行っていただけませんか？

byo.u.i.n.ma.de./tsu.re.te./i.tte./i.ta.da.ke.ma.se.n.ka.

能帶我到醫院嗎？

① 基本用語
② 飛機
③ 機場
④ 交通
⑤ 住宿
⑥ 飲食
⑦ 觀光
⑧ 購物
⑨ 非常情況

MP3 139

例 お医者さんを呼んでください。

o.i.sha.sa.n.o./yo.n.de.ku.da.sa.i.

請幫我找醫生。

例 診断書をください。

shi.n.da.n.sho.o./ku.da.sa.i.

請給我診斷證明書。

例 お腹が痛いです。

o.na.ka.ga./i.ta.i.de.su.

我肚子痛。

例 下痢です。

ge.ri.de.su.

我拉肚子。

例 頭が痛いです。

a.ta.ma.ga./i.ta.i.de.su.

我頭痛。

例 薬のアレルギーがあります。

ku.su.ri.no.a.re.ru.gi.i.ga./a.ri.ma.su.

我對藥物過敏。

例 足を怪我しました。

a.shi.o./ke.ga.shi.ma.shi.ta.

我的腳受傷了。

例 頭痛薬が欲しいです。

zu.tsu.u.ya.ku.ga./ho.shi.i.de.su.

我要頭痛藥。

1 基本用語
2 飛機
3 機場
4 交通
5 住宿
6 飲食
7 觀光
8 購物
9 非常情況

🎵 139

例 風邪薬が欲しいです。

ka.ze.gu.su.ri.ga./ho.shi.i.de.su.

我要感冒藥。

🎵 140

例 全身に力が入らない。

ze.n.shi.n.ni./chi.ka.ra.ga./ha.i.ra.na.i.

我全身沒有力氣。

例 全身筋肉痛です。

ze.n.shi.n./ki.n.ni.ku.tsu.u.de.su.

我全身痠痛。

例 喉が痛いです。

no.do.ga./i.ta.i.de.su.

我喉嚨痛。

例 風邪を引きます。

ka.ze.o./hi.ki.ma.su.

感冒了。

例 熱が出ます。

ne.tsu.ga./de.ma.su.

發燒。

例 鼻水が出ます。

ha.na.mi.zu.ga./de.ma.su.

流鼻水。

例 鼻が詰まります。

ha.na.ga./tsu.ma.ri.ma.su.

鼻塞。

例 咳をします。

se.ki.o./shi.ma.su.

咳嗽。

例 絆創膏をください。

ba.n.so.u.ko.u.o./ku.da.sa.i.

我要OK絆。

例 この処方箋の薬をください。

ko.no./sho.ho.u.se.n.no./ku.su.ri.o./ku.da.sa.i.

請給我這個處方的藥。

例 1日3回、食後に飲んでください。

i.chi.ni.chi.sa.n.ka.i./sho.ku.go.ni./no.n.de.ku.
da.sa.i.

一天3次，請在飯後喝。

例 どのように飲みますか？

do.no.yo.u.ni./no.mi.ma.su.ka.

怎麼喝呢？

例 服用方法はここに書いてあります。

fu.ku.yo.u.ho.u.ho.u.wa./ko.ko.ni./ka.i.te.a.ri.
ma.su.

這裡有寫服藥方式。

★通信

・會・話・

Ⓐ 公衆電話は どこですか？

ko.u.shu.u.de.n.wa./do.ko.de.su.ka.

哪有公共電話？

Ⓑ コンビニの前に あります。

ko.n.bi.ni.no./ma.e.ni./a.ri.ma.su.

便利商店前。

・例・句・

例 国際電話の掛け方を知っていますか？

ko.ku.sa.i.de.n.wa.no./ka.ke.ka.ta.o./shi.tte.i.ma.su.ka.

知道怎麼打國際電話嗎？

例 どこかにネットカフェが ありますか？

do.ko.ka.ni./ne.tto.ka.fe.ga./a.ri.ma.su.ka.

哪裡可以上網？

例 接続パスワードは何ですか？

se.tsu.zo.ku./pa.su.wa.a.do.wa./na.n.de.su.ka.

請問上網的密碼？

例 携帯電話のバッテリーが切れました。

ke.i.ta.i.de.n.wa.no./ba.tte.ri.i.ga./ki.re.ma.shi.ta.

手機沒電了。

右欄：**1** 基本用語　**2** 飛機　**3** 機場　**4** 交通　**5** 住宿　**6** 飲食　**7** 觀光　**8** 購物　**9** 非常情況

例 充電器を貸してもらえますか？
ju.u.de.n.ki.o./ka.shi.te./mo.ra.e.ma.su.ka.
可以借我充電器嗎？

例 電話を借りてもいいですか？
de.n.wa.o./ka.ri.te.mo.i.i.de.su.ka.
可以借用電話嗎？

例 電話を掛ける。
de.n.wa.o./ka.ke.ru.
打電話。

例 電話に出る。
de.n.wa.ni./de.ru.
接電話。

例 電話を切る。
de.n.wa.o./ki.ru.
掛電話。

例 ファックスをする。
fu.a.kku.su.o.su.ru.
傳真。

例 インターネットに接続する。
i.n.ta.a.ne.tto.ni./se.tsu.zo.ku.su.ru.
上網。

例 メールをする。
me.e.ru.o.su.ru.
發信。

MP3 142

例 インターネットに接続<ruby>接続<rt>せつぞく</rt></ruby>できなくなりました。

i.n.ta.a.nc.tto.ni./se.tsu.zo.ku./de.ki.na.ku.na.ri.ma.shi.ta.

連不上網路了。

例 ただいま、<ruby>電話<rt>でんわ</rt></ruby>の<ruby>電源<rt>でんげん</rt></ruby>が<ruby>入<rt>はい</rt></ruby>っていません。

ta.da.i.ma./de.n.wa.no./de.n.ge.n.ga./ha.i.tte./i.ma.se.n.

現在電話關機中。

例 <ruby>現在<rt>げんざい</rt></ruby>、<ruby>圏外<rt>けんがい</rt></ruby>になっています。

gc.n.za.i./ke.n.ga.i.ni./na.tte./i.ma.su.

現在收不到訊號。

例 <ruby>電話中<rt>でんわちゅう</rt></ruby>です。

de.n.wa.chu.u./de.su.

電話中。

① 基本用語
② 飛機
③ 機場
④ 交通
⑤ 住宿
⑥ 飲食
⑦ 觀光
⑧ 購物
⑨ 非常情況

142

★緊急聯絡

會・話

Ⓐ 救急車の電話番号は何番ですか？

kyu.u.kyu.u.sha.no./de.n.wa.ba.n.go.u.wa./na.n.
ba.n.de.su.ka.

請問救護車電話幾號？

Ⓑ 119 番です。

hya.ku.ju.u.kyu.u.ba.n.de.su.

119。

例・句

例 台湾駐日代表所に連絡していただけま
せんか

ta.i.wa.n.chu.u.ni.chi.da.i.hyo.u.jo.ni./re.n.ra.
ku.shi.te./i.ta.da.ke.ma.se.n.ka.

能幫我連絡台灣駐日辦事處嗎？

例 レンタカーの会社に連絡していただけ
ませんか？

re.n.ta.ka.a.no.ka.i.sha.ni./re.n.ra.ku.shi.te./i.ta.
da.ke.ma.se.n.ka.

能幫我聯絡租車公司嗎？

① 基本用語
② 飛機
③ 機場
④ 交通
⑤ 住宿
⑥ 飲食
⑦ 觀光
⑧ 購物
⑨ 非常情況

MP3 142

例 保険会社に連絡していただけませんか？

ho.ke.n.ga.i.sha.ni./re.n.ra ku.shi.te./i.ta.da.ke.ma.se.n.ka.

能幫我聯絡保險公司嗎？

MP3 143

例 ホテルの人に連絡していただけませんか

ho.te.ru.no.hi.to.ni./re.n.ra.ku.shi.te./i.ta.da.ke.ma.se.n.ka.

能幫我聯絡飯店人員嗎？

例 台湾の家族と連絡が取れますか？

ta.i.wa.n.no./ka.zo.ku.to./re.n.ra.ku.ga./to.re.ma.su.ka.

和台灣的家人聯絡得上嗎？

例 これは日本人の保証人の電話番号です。

ko.re.wa./ni.ho.n.ji.n.no./ho.sho.u.ni.n.no./de.n.wa.ba.n.go.u.de.su.

這是日本保證人的電話號碼。

例 これは日本での親戚の電話番号です。

ko.re.wa./ni.ho.n.de.no./shi.n.se.ki.no./de.n.wa.ba.n.go.u.de.su.

這是在日親戚的電話號碼。

143

★ 身體部位

あたま 頭 頭	a.ta.ma.
かた 肩 肩膀	ka.ta.
むね 胸 胸部	mu.ne.
なか お腹 腹部	o.na.ka.
こし 腰 腰部	ko.shi.
うで 腕 手 (肩膀到手腕)	u.de.
ひじ 肘 手肘	hi.ji.
てくび 手首 手腕	te.ku.bi.
て 手 手	te.

① 基本用語
② 飛機
③ 機場
④ 交通
⑤ 住宿
⑥ 飲食
⑦ 觀光
⑧ 購物
⑨ 非常情況

指 ゆび 手指	yu.bi.
足 あし 腳	a.shi.
太腿 ふともも 大腿	fu.to.mo.mo.
脛 すね 小腿	su.ne.
膝 ひざ 膝蓋	hi.za.

MP3 144

踝 くるぶし 腳踝	ku.ru.bu.shi.
顔 かお 臉	ka.o.
目 め 眼睛	me.
耳 みみ 耳朵	mi.mi.
口 くち 嘴巴	ku.chi.

はな 鼻 鼻子	ha.na.
した 舌 舌頭	shi.ta.
は 歯 牙齒	ha.
かみ 髮 頭髮	ka.mi.
ゆび つめ 指の爪 指甲	yu.bi.no.tsu.me.
まゆ 眉 眉毛	ma.yu.
まつげ 睫毛	ma.tsu.ge.
くちびる 唇 嘴唇	ku.chi.bi.ru.
しんぞう 心臓 心臟	shi.n.zo.u.
かんぞう 肝臓 肝	ka.n.zo.u.

腎臓 じんぞう 腎	ji.n.zo.u.
肺 はい 肺	ha.i.
胃 い 胃	i.
腸 ちょう 腸	cho.u.
肌 はだ 皮膚	ha.da.
筋肉 きんにく 肌肉	ki.n.ni.ku.
神経 しんけい 神經	shi.n.ke.i.
骨 ほね 骨頭	ho.ne.
頬 ほほ 臉頰	ho.ho.

1 基本用語
2 飛機
3 機場
4 交通
5 住宿
6 飲食
7 觀光
8 購物
9 非常情況

顎 あご 下巴	a.go.
額 ひたい 額頭	hi.ta.i.
首 くび 脖子	ku.bi.
脾臓 ひぞう 脾臟	hi.zo.u.
膵臓 すいぞう 胰臟	su.i.zo.u.
虫垂 ちゅうすい 盲腸	chu.u.su.i.
膀胱 ぼうこう 膀胱	bo.u.ko.u.

145

★ 簡單表達

かわいい 可愛	ka.wa.i.i.
かっこいい 帥氣	ka.kko.i.i.

かわいそうです 可憐	ka.wa.i.so.u.de.su.
うらやましい 羨慕	u.ra.ya.ma.shi.i.
かたい 硬的	ka.ta.i.
きらいだ。 討厭	ki.ra.i.da.
あまりすきではない 不太喜歡	a.ma.ri.su.ki.de.wa.na.i.
かゆい 癢	ka.yu.i.
怪(あや)しい 奇怪	a.ya.shi.i.
使(つか)いやすい 好用	tsu.ka.i.ya.su.i.
雰囲気(ふんいき)がいい 氣氛佳	fu.n.i.ki.ga.i.i.
簡単(かんたん)だ 簡單。	ka.n.ta.n.da.

🔊 145

優しい やさ 親切	ya.sa.shi.i.
難しい むずか 困難	mu.zu.ka.shi.i.

🔊 146

易しい やさ 容易	ya.sa.shi.i.
涼しい すず 涼爽	su.zu.shi.i.
美しい うつく 美麗	u.tsu.ku.shi.i.
うるさい 很吵	u.ru.sa.i.
危ない あぶ 危険	a.bu.na.i.
明るい あか 明亮	a.ka.ru.i.
暗い くら 陰暗	ku.ra.i.

古い ふる 古老	fu.ru.i.
珍しい めずら 罕見的	me.zu.ra.shi.i.
幸せだ しあわ 真幸福	shi.a.wa.se.da.
贅沢だ ぜいたく 真豪華	ze.i.ta.ku.da.
遅い おそ 很慢	o.so.i.
早い はや 很快	ha.ya.i.
怖い こわ 恐怖	ko.wa.i.
面白い おもしろ 有趣	o.mo.shi.ro.i.
嬉しい うれ 開心的	u.re.shi.i.
楽しい たの 愉快的	ta.no.shi.i.

1 基本用語
2 飛機
3 機場
4 交通
5 住宿
6 飲食
7 觀光
8 購物
9 非常情況

おかしい 奇怪	o.ka.shi.i.
<ruby>残<rt>ざん</rt></ruby><ruby>念<rt>ねん</rt></ruby>だ 可惜	za.n.ne.da.
<ruby>感<rt>かん</rt></ruby>じがいい 感覺不錯	ka.n.ji.ga.i.i.
<ruby>遠<rt>えんりょ</rt></ruby>慮なく 別客氣	e.n.ryo.na.ku.
<ruby>行<rt>い</rt></ruby>きたいです 想去	i.ki.ta.i.de.su.
<ruby>行<rt>い</rt></ruby>きたくないです 不想去	i.ki.ta.ku.na.i.de.su.
いらいらする 焦躁不安	i.ra.i.ra.su.ru.
ぎりぎりだ 很急迫	gi.ri.gi.ri.da.
やってみます 試做看看	ya.tte.mi.ma.su.
なるほど 原來如此	na.ru.ho.do.

忘れました わす 忘記了	wa.su.re.ma.shi.ta.
覚えていません おぼ 不記得	o.bo.e.te.i.ma.se.n.
信じられない しん 無法相信	shi.n.ji.ra.re.na.i.
不思議だ ふ し ぎ 不可思議	fu.shi.gi.da.
疲れた つか 好累	tsu.ka.re.ta.

元気になりました
げんき
ge.n.ki.ni./na.ri.ma.shi.ta.
有精神了

行ったことはないです
い
i.tta.ko.to.wa./na.i.de.su.
沒去過

一度もないです
いちど
i.chi.do.mo.na.i.de.su.
一次都沒有

① 基本用語
② 飛機
③ 機場
④ 交通
⑤ 住宿
⑥ 飲食
⑦ 觀光
⑧ 購物
⑨ 非常情況

🎵 147

どうかしたんでしょうか？
do.u.ka.shi.ta.n.de./sho.u.ka.
有甚麼事嗎？

なんでもないです
na.n.de./mo.na.i.de.su.
沒事

ご苦労様でした
go.ku.ro.sa.ma.de.shi.ta.
辛苦了

お疲れ様でした
o.tsu.ka.re.sa.ma.de.shi.ta.
辛苦了

何かあったら、ご連絡ください
na.ni.ka.a.tta.ra./go.re.n.ra.ku.ku.da.sa.i.
有甚麼事，請和我連絡

念のため、もう一度ご確認ください
ne.no.ta.me./mo.u.i.chi.do.go.ka.ku.ni.n.ku.da.sa.i.
以防萬一，請再確認一次

楽しみにしています
ta.no.shi.mi.ni.shi.te.i.ma.su.
很期待

元気がないようです
ge.n.ki.ga./na.i.yo.u.de.su.
沒甚麼精神的樣子

なんでもいいです
na.n.de.mo.i.i.de.su.
都可以

そうかもしれません
so.u.ka.mo.shi.re.ma.se.n.
可能是這樣

本当ですか？
ho.n.to.u.de.su.ka.
真的嗎？

なかなかいいです
na.ka.na.ka.i.i.de.su.
不錯耶

お大事に
a.da.i.ji.ni.
請保重

① 基本用語
② 飛機
③ 機場
④ 交通
⑤ 住宿
⑥ 飲食
⑦ 觀光
⑧ 購物
⑨ 非常情況

MP3 148

もちろんです
mo.chi.ro.n.de.su.
當然

素晴_すらしい
su.ba.ra.shi.i.
太棒了！

行_いってきます
i.tte.ki.ma.su.
出門了

行_いってらっしゃい
i.tte.ra.ssha.i.
請慢走

**用最生活化的方式學日文，
最能快速提升日語學習能力。**

讓你隨時都能開口說日語，
舉凡生活、工作、出國旅遊
必備工具書。簡單一句話，
解決你的燃眉之急！

本書列出從前往日本，
至回到台灣會發生的情景，
搭配上簡單易學的句子，
讓您安心地往返台灣日本，

**擁有一趟美好的
第一次日本自由行！**

**會話情境別！
馬上找到你要的句子！**

還附有相關單字，
讓你靈活運用好輕鬆！
帶著本書，成為旅遊達人吧！

永續圖書
線上購物網

www.foreverbooks.com.tw

◆ 加入會員即享活動及會員折扣。

◆ 每月均有優惠活動，期期不同。

◆ 新加入會員三天內訂購書籍不限本數金額，

　即贈送精選書籍一本。（依網站標示為主）

專業圖書發行、書局經銷、圖書出版

永續圖書總代理：

五觀藝術出版社、培育文化、棋茵出版社、犬拓文化、讀

品文化、雅典文化、大億文化、璟申文化、智學堂文化、

語言鳥文化

活動期內，永續圖書將保留變更或終止該活動之權利及最終決定權。